KB261107

동정 없는
세상

동정 없는 세상

박현욱 장편소설

문학동네

88라이트

*

"한번 하자."
"싫어."

*

　새벽에 잠이 깼다. 창밖으로 빗소리가 들렸다. 어제는 몹시 추웠다. 비가 오고 있다는 것은 날이 풀렸다는 뜻이다. 담배를 찾다가 지난밤에 담배를 사러 나갈까 망설이다가 잠이 들었던 것이 떠올랐다. 망설인 끝에 담배를 사오지 않은 날은 꼭 이튿날 아침에 일어났을 때 후회하게 된다. 하지만 나중에 후회하는 일들이 대개 저지를 때에는 달콤한 법이다.

세수하러 욕실로 갔다가 디스 한 갑을 발견했다. 하느님, 감사합니다. 제가 평소에 착하게 살아온 것을 어떻게 아시고 이런 선물을 다……

일찍 일어나는 새가 먹이를 잘 잡는다고 했던가. 이 말은 새에 관해서만 부분적으로 맞다. 일찍 일어나는 벌레는 고작해야 먹이가 되려고 일찍 일어난 것이란 말인가. 똑같이 일찍 일어났는데 누구는 하루 밥벌이를 하는 데 반해 바로 그 밥벌이 때문에 다른 누구는 생명을 잃는다. 그렇다면 일찍 일어나는가 그렇지 않은가는 중요하지 않다. 문제는 새로 태어나는가 혹은 벌레로 태어나는가이다. 그리고 그것은 당사자의 의지로 결정할 수 있는 것이 아니다.

여하간 담배를 발견한 순간에는 나도 새가 된 셈이었다. 한 개비만 빼내고 제자리에 둘까 아니면 통째로 들고 나올까 주저했다. 이 집에서 디스를 피우는 사람은 명호씨밖에 없다. 그리고 이 집에서 담배를 훔칠 만한 사람은 나밖에 없다고 명호씨는 생각할 것이다. 그러나 명호씨가 그렇게 생각해보았댔자 그 시간에 나는 이미 집 밖으로 나가 있을 것이다. 이따가 밤에 명호씨가 나를 닦달해댄다 해도 그냥 잡아떼면 그만이다.

내가 피우는 것은 사나이의 담배, 88라이트이다. 여간 궁한 상황이 아니고서는 디스 같은 유의 순함을 무기로 삼고 있는 담배는 거들떠보지도 않는다. 88라이트에는 딱 떨어지는 맛도 있다. 한때 나왔던 맥도날드 광고, 천원짜리 한 장 가지고 맥도날드에 가면 햄버거에 백원이 남는다고? 콜라는 안 마시나. 그냥 햄버거 하나만 달랑 사먹으려고 천원 들고 맥도날드 가는 사람이 누가 있다고 그런 광고를 한다는 말인가. 88라이트는 군더더기가 전혀 필요없다. 천원짜리 한 장을 딱 내려놓으며, 팔팔 한 갑, 하고 짧게 끊어 말한 후 담배를 받아 산뜻하게 가게를 나올 수 있다. 디스 같은 담배를 사는 경우에는 꿈도 꾸지 못할 일이다. 가게에 들어가면서 백원짜리 동전 하나 찾느라 주머니를 여기저기 뒤지거나 혹은 동전이 없어서 이천원을 내고 거스름돈을 받아 쩔렁거리며 돌아서는 것은 도무지 폼이 나지 않는 일이다. 말하자면 명호씨는 적어도 담배를 살 때에는 폼이 나지 않는 사람이다.

나는 잠시 주저하다가 담뱃갑을 통째로 들고 나왔다. 명호씨는 담배 한 갑 없어졌다고 화를 낼 만큼 쪼잔한 사람은 아니다. 그리고 명호씨라고 왕년에 남의 담배를 슬쩍해본 적이 없겠는가. 아니, 어디 왕년에만 그랬겠는가. 명호씨의 방에 있는 재떨이에서도 간혹 마일드 세븐의 꽁초가 발견되곤 한다. 이 집에서 마일드 세븐을 피우는 사람은 숙경씨밖에 없다. 그 꽁초들은 명호씨가 슬쩍한 것들인 셈이다. 세상에 누나 담배를 훔쳐 피우는 사람은 내가 알기로는 명호씨밖에 없다. 어차피 세상이란 서로 적당히 속고 속이며 훔치고 도둑맞는 그런 것 아니겠는가. 내 88라이트는 좀 독한 담배인지라 어느 누구도 눈독 들이지 않는다는 것이 나로서는 다행일 따름이다. 사실 남들이 눈독 들일 만큼 쌓아놓고 피우는 경우도 없다. 내 담배가 있는 곳은 내 주머니뿐이며 늘 한 갑 이하로만 가지고 다니니 훔쳐 피우고 싶어도 그럴 수 없다. 숙경씨는 대범한 성격의 소유자인지라 담배 몇 개비 없어졌다고 뭐라고 하는 사람이 아니다. 그러니 가끔 숙경씨의 담배를 훔쳐 피우는 명호씨도 그런 일로 뭐라고 해서는 안 된다. 명호씨만 조금 대범해지면 이 집은 담배에 관한 한 매우 공산주의적이 될 것이다. 나는 공산주의 따위에 대해서는 손톱만큼의 관심도 없지만 그 문구만큼은 마음에 든다. 능력에 따라 생산하고 필요에 따라 소비한다, 는 것이었던가. 담배에 관한 한 진리이다.

"밥도 먹기 전에 무슨 담배를 그렇게 피워대."

아침을 먹으러 부엌에 가자 내게서 담배 냄새가 난다고 숙경씨가 잔소리를 했다. 끊으라는 얘기는 아니었다. 다만 식전에 피우는 것은 몸에 좋지 않으니 삼가라는 얘기다. 듣는 둥 마는 둥 후닥닥 밥을 먹고 나서 가방을 어깨에 메고 집을 나서며 숙경씨에게 소리쳤다.

"엄마, 학교 갔다 올게."

동정 없는 세상

*

"넌 키스나 해봤어?"

영석이가 나를 보며 깔보는 듯한 어조로 말했다. 나도 지지 않겠다는 듯이 대답했다.

"안 가르쳐줄란다. 우리가 애들이냐, 그런 이야기나 하고 앉아 있게."

말려들지 않기 위해서는 무관심해지는 것이 제일 좋은 방법이었다. 내가 키스를 해보았건 그렇지 않건 간에 그것을 영석이가 알아야 할 이유는 없다. 담임이 교실로 들어왔지만 영석이는 아랑곳하지 않고는 자못 목에 힘을 주며 한마디를 더 내뱉고야 자기 자리로 돌아갔다.

"인마, 남자는 여자를 알아야 어른이 되는 거야."

아침에 등교하자마자 영석이는 어젯밤에 미아리에 가서 동정을 떼어버리고 왔다고 자랑스럽게 말했다. 키스나 해봤냐며 나를 어린애 취급하는 것은 내가 별로 감탄해주지 않아서 약이 오른 탓이었다. 하지만 사창가에 가서야 된 어른이라면 하나도 부럽지 않다.

"야, 선생님이 들어왔는데 좀 조용히 해라."

앞에서 담임이 목소리를 높였지만 아이들은 아랑곳하지 않았다. 담임이 출석부로 교탁을 몇 번인가 세게 내리치자 그제야 조금씩 소란이 가라앉기 시작했다.

"어제 수능 잘들 봤나?"

사방에서 우우, 하는 야유 소리며 망쳤어요, 하는 대답이며 심지어 좆됐어요, 하는 고함 소리마저도 거리낌없이 터져나왔다. 겨우 조용해졌던 교실이 들끓기 시작했다. 다시 분위기를 가라앉히기 위해 담임은 출석부를 부서질 정도로 세게 교탁에 내리쳤다. 하긴 부서진다 해도 별로 문제가 되지는 않을 것이다. 이제 수능도 끝났고 남은 출석 일수는 대충 메워질 테니 말이다. 다른 때 같았으면 이 정도의 소란이라면 애들 대여섯 정도는 죽지 않을 만큼 두들겨맞거나 교실 밖으로 쫓겨났을 텐데 이제는 애꿎은 출석부가 대신 박살이 나고 있었다. 이제 와서 담임도 새삼스럽게 아이들을 휘어잡으려는 생각은 없는 것 같았다. 아마 담임이 바라는 것은 아이들이 커다란 사고 없이 무사히 졸업하는 것밖에 없을 것이다.

"수능 끝났다고 마구 어울려 다니면서 술이나 퍼먹고 사고 치지 말고 유종의 미를 거두어주기 바란다. 그리고 아무리 수능이 끝났다고 해도 결석하는 것은 용납하지 않을 테니, 전날 밤에 퍼마신 술이 덜 깼어도 반드시 학교는 와라. 그리고 아직 안 온 녀석들 오면 교무실로 보내라.”

술 얘기가 나오자 사방에서 웃음소리와 함께 또다시 야유 소리가 터져나왔다. 아이들은 자포자기 내지는 해방감에 물이 오를 대로 올라서 담임도 그저 만만하게만 보이는 모양이었다. 하긴 1년 동안 온 갖 스트레스를 받고 살았으니 이제는 담임이 받아줘야 하는 때가 아니겠는가. 교실 곳곳에 빈자리들이 눈에 띄었다. 경식이 자리도 비어 있었다. 어제 영석이하고 같이 술을 마셨을 텐데 녀석도 사창가까지 따라갔을까. 담임이 나가자 나는 영석이에게 물어보았다.

“경식이 아직 안 왔네. 어제 같이 있지 않았냐?”

“끝까지 같이 있었는데, 그 자식 아침에 술이 올라서 못 오나보지 뭐.”

“끝까지라면 미아리에도 둘이 같이 갔어?”

“응.”

혼자 갔다고 알고 있을 때는 별일 아닌 것처럼 여겨졌는데 둘이 같이 갔다고 하니 은근히 약이 올랐다. 내게는 아무 말도 없이 그런 거사를 치러버렸다는 말인가. 모르긴 해도 경식이가 영석이를 데리고 갔을 것이다. 보통 체구에 얼굴도 앳된 편인 영석이와는 달리 경식이는 체격도 좋았고 턱 밑으로 제법 굵은 수염도 듬성듬성 나 있어서 누가 봐도 고등학생으로 보이는 얼굴은 아니었으니 말이다. 남자는 여자를 알아야 어른이 된다는 말은 경식이가 입에 달고 다니는 말이었다. 그런 의미에서라면 경식이는 작년부터 어른이었다. 이제 영석이마저 어른이 되어버린 것이었다. 죽을 때는 따로 죽더라도 살 때는 같이 살아야 한다는 것이 우리의 모토인데 녀석들의 행위는 일종의 배신과 다름없었다.

"그런 데 갈 거였으면 말이나 미리 했어야지, 둘이서 달랑 가버리냐?"

"야, 너는 일차 끝나고 바로 서영이 만나겠다고 튀어버리고서는 이제 와서 무슨 소리야."

"그렇긴 해도 정보는 미리 줬어야지. 의리 없는 자식들 같으니."

정말이지 의리 없는 녀석들이었다. 그렇다고는 해도 나는 목소리를 낮추고는 정말 궁금한 것을 물어보았다.

"야, 근데 말이다. 해보니까 좋냐?"

"흐흐…… 자식, 궁금하냐?"

영석이는 징그럽게 웃고는 갑자기 안색을 굳히더니 짤막하게 대답했다.

"직접 해봐."

*

어제, 그러니까 영석이와 경식이가 2차, 3차를 가고 사창가에 가던 그 시간에 나는 서영이와 비디오방에 있었다.

"이거 보자."

"〈마님 사정 볼 것 없다〉? 야, 다시 넣어."

"그러면 고전을 보자. 이건 어때?"

"〈비 오는 날의 도색화〉? 너 정말 비 오는 날에 먼지 나도록 맞고 싶어?"

나는 고개를 저었다.

"그리고 솔직히 말해봐. 너도 저런 거 재미없잖아?"

"아냐, 재미있어."

"재미있긴 뭐가 재미있어. 넌 인터넷으로 매일 질리도록 포르노 보잖아. 그런데 저런 에로영화들은 감질나기만 할 거 아냐."

생각해보니 그렇기도 했다. 하지만 그게 꼭 그런 것만은 아니다.

"혼자 보면 감질날 테지만 같이 보면 재미있을 거야."

"재미있긴 뭐가 재미있겠어. 너는 시시해서 재미없을 테고 나도 재미있게 볼 리가 없는 영화를 뭐하러 봐. 내가 고를 테니 가만히 있어."

잠시 후 서영이가 비디오테이프 하나를 내밀었다.

"이거 보자."

"〈안개 속의 풍경〉? 안개 속에서 정사하는 거야?"

"아니."

"그럼 다른 걸로 골라."

"이건 어때?

"타르코프스키의 〈희생〉? 이름 복잡한 놈이 만든 영화치고 재미있는 거 없어."

"영화 하나 보기 정말 힘들다. 그럼 이거는?"

"〈동정 없는 세상〉? 흠……"

동정 없는 세상이라, 이 제목은 그럴듯했다. 동정 없는 세상이 얼마나 근사한지 보여주는 영화일 거라는 필이 왔다. 내가 바라는 것 역시 동정 없는 세상이다.

"그래 이거 보자."

그러나 영화는 한마디로 재미없었다.

"야, 동정 떼는 건 언제 나오는 거야? 쟤들 중에 동정인 놈은 아무도 없어 보이는데?"

서영이가 어이없다는 눈으로 나를 쳐다보았다.

"재미없으면 잠이나 자."

동정이 그 동정이 아니었다. 영화는 밋밋하고 지루하기만 했다. 화끈한 장면이 전혀 없는 것은 아니었지만 고작해야 그 정도의 화끈함이라면 없는 것만 못했다. 영화라면 적어도 웃기든지 혹은 재미있든지 최소한 화끈하든지 해야 한다. 그 세 가지가 모두 다 완벽하게 결여된 영화였다. 흘낏 옆을 보니 서영이는 마치 시험공부라도 하듯 진지한 얼굴로 화면을 바라보고 있었다. 서영이가 저런 얼굴로 있을 때 어설프게 키스하려고 시도해봤자 괜히 등짝이나 몇 대 두들겨맞게 된다. 나는 비디오가 다 돌아갈 때까지 가만히 있는 수밖에 없었다. 비디오방을 나오면서 투덜거렸다.

"야, 수능 끝난 날에 꼭 저런 거 봐야 되냐? 넌 저런 게 재미있어?"

"그럭저럭 볼만했어."

"뭐가 볼만한데? 지루하기만 하더라."

"영상이 깔끔하잖아. 내용도 진지하고."

"깔끔하기는 뭐가 깔끔해. 별로 야하지도 않은데."

"나 원, 참. 프랑스 젊은이들의 현실과 고뇌가 잘 드러나 있잖아. 실존주의와 혁명에 대해 이야기하지만 할 수 있는 것이라고는 고작해야 마약 파는 고등학생한테 얹혀사는 것밖에 없는 암담함 같은 거 말이야."

"고등학생이 마약을 팔아? 그 나라도 갈 데까지 갔구나. 그리고 실존주의? 혁명? 그런 장면도 나왔냐?"

서영이는 짧게 대답했다.

"응."

암담함이라면 내내 여자를 쫓아다니면서 화끈하게 하는 신 한번 제대로 안 나온 것이 암담한 일일 터였다. 영화의 주인공인 이뽀인지 뭔지 하는 녀석처럼, 그리고 마치 지금까지의 나처럼. 여하튼 수능은 끝났고 나는 앞으로 동정 없는 세상에서 살아가기로 굳게 결심했다. 나는 서영이를 바라보며 의미심장한 미소를 지었다.

그들은 이미

*

　존 에프 케네디가 동정을 뗀 것은 17세 때였다. 알렉상드르 뒤마도 나이 17세에 여자를 알았다. 스탕달도 17세에 밀라노의 사창가에서 후에 '너무도 강렬한 체험이어서 기억이 나지 않는다'고 회고한 그 일을 치러내고는 나중에 매독으로 죽었다. 베를렌느는 17세의 나이에 이미 한 매춘부의 정기적인 단골이었다.

　모파상은 16세에 여자를 알았다. 근엄한 도덕선생님 같은 톨스토이도 16세에 사창가에 갔다. 무솔리니 역시 16세에 사창가에서 여자를 알았다. 릴케는 좀더 고수였다. 그는 그 나이에 6년 연상의 여선생과 애정 행각을 벌이다가 같이 도피하기도 했다. 화가 모딜리아니는 조금 더 빨랐다. 그는 15세에 집에서 일하는 하녀를 건드렸다. 마오는 14세에 첫 결혼을 했다. 부친의 명에 따른 것이었고 첫 부인에게는 손가락 하나 대지 않았다지만 과연 그랬는지 누가 알겠는가. 그에 비하면 13세에 결혼한 간디는 결혼 후 곧바로 섹스에 탐닉했다는 것을 솔직하게 밝혔다.

다른 나라들로 멀리 갈 필요도 없이 이춘풍이는 십대 초반에 집에서 일하던 침모를 건드렸고 우리의 춘향이 역시 이팔청춘, 꽃다운 나이 열여섯에 몽룡과 동침하지 않았던가. 조선시대의 춘향이까지 거슬러올라가지 않아도, 19년 전에 숙경씨는 나이 스물에 나를 낳았다. 내가 출생하기 10개월 전으로 올라가보면 숙경씨의 나이도 분명 십대였음에 틀림없다.

영석이 따위의 녀석도 열아홉에 여자를 알았다. 경식이 녀석이 동정을 뗀 것은 1년이 더 빨랐다. 1년 동안 경식이는 가끔 우리를 애 취급했는데 이제 영석이까지 가세해버렸다. 앞으로 동정 얘기만 나오면 녀석들은 내 앞에서 괜히 목에 힘을 줄 것이다. 내 십대는 바야흐로 저물어가고 있는 중이다. 얼마 후에는 스물이 된다. 나도 스물이 되기 전에 여자를 알고 동정을 떼고 어른이 될 것이다.

*

김이 모락모락 올라오는 커피잔을 앞에 놓고 서영이는 하염없이 창밖을 내다보고 있었다. 나는 푹신한 소파 깊숙이 등을 파묻고 지나가듯 말을 꺼내보았다.

"시험도 끝났는데 우리 어디 여행이나 갈까?"

서영이는 나를 쳐다보지도 않고 반문했다.

"어디로?"

"아무 데나. 동해안이나 남해안 같은 데 어떨까?"

"학교 계속 나가야 되는데 먼 데는 갈 수 없잖아. 정 갑갑하면 너 혼자라도 어디 다녀오지그래?"

나 혼자? 나 혼자라면 뭐하러 먼 데 간다는 말인가. 그냥 집에서 주는 밥 먹고 편안한 침대에서 달게 자는 것이 낫다. 역사는 밤에 이루어지는 법이고 역사를 도모하기 위해서는 밤을 함께 보내야 하며 밤을 함께 보내기 위해서는 여행을 가야 하는데 초장부터 먹히지 않았다. 아니, 밤을 같이 보내기 위해서 반드시 먼 곳으로 여행을 가야 한다는 법은 없다. 그래, 번거롭게 여행은 무슨 여행을 가나. 그냥 서울에서 처리하는 것이 훨씬 간명한 일 아니겠는가. 나는 단도직입적으로 말했다.

"우리, 한번 하자."

서영이가 두 눈을 동그랗게 뜨고 나를 쳐다보았다.

"뭘?"

"생산적인 일."

"뭐가 생산적인 일인데?"

나는 머뭇거리다가 작은 목소리로 짧게 끊어 대답했다.

"섹스."

"푸하하."

서영이가 마구 웃기 시작했다. 카페 안에 있는 사람들의 시선이 일제히 우리를 향했다. 내가 아무리 웃기는 얘기를 해주어도 좀처럼 소리 내어 웃지 않았던 애였다. 은근히 약이 올랐다. 지금 한 얘기가 이제까지 내가 했던 어떤 웃기는 얘기보다 더 웃기는 얘기란 말인가. 다소 퉁명스럽게 내뱉었다.

"사람들이 보잖아. 그만 웃어."

웃음소리는 그쳤지만 그러고 나서도 서영이는 소리 죽여 킥킥대고 있었다. 이윽고 진정이 되었는지 나를 빤히 쳐다보며 되물었다.

"그게 왜 생산적인 일이야?"

"아기가 생산되잖아. 그 이상 생산적인 일이 또 뭐가 있겠어?"

서영이는 다시 웃었다.

"야, 썰렁해. 그런데 왜 갑자기 그런 얘기를 하는 거야?"

"하고 싶으니까."

그렇다. 나는 하고 싶었다. 내 몸에 남성호르몬이 분비되기 시작했을 때부터, 아니 그전에 섹스라는 단어를 처음 접했을 때부터 하고 싶었다. 어쩌면 섹스가 무엇인지 몰랐을 때부터 하고 싶었는지도 모른다. 그리고 무엇인지 알게 된 다음에는 더욱더 하고 싶었다. 지난 몇 년간의 내 개인사는 섹스를 하고 싶다는 욕망과의 투쟁으로 점철되어왔다.

"내가 싫다고 하면 어떻게 할 건데?"

"글쎄……"

거기까지는 생각해보지 않았다. 내가 말을 꺼내면 서영이가 어떤 반응을 보일지 생각하지 않은 것은 아니었다. 하지만 알 수 없었다. 버럭 화를 낼 것도 같았고 아예 무시해버릴 것도 같았다. 물론 나는 서영이가 기꺼이 동의해주기를 바라기는 했지만 서영이가, 그래, 좋아. 당장 하러 가자, 하는 장면도 상상이 되지 않았다. 그리고 싫다고 하면 어떻게 해야 할지도 생각해보지 못했다. 말을 꺼내는 자체가 워낙에 난감한 일이라 그 이후는 떠오르지 않았다. 서영이는 항상 내가 생각해보지 못한 부분만 집어내서 내 대답을 궁하게 만드는 데는 선수였다.

"어떻게 해야 하는데?"

내 목소리는 조금 딱딱해졌다. 괜히 민망했기 때문이다. 정말이지 어렵사리 꺼낸 얘기였는데 눈앞에 앉아 있는 여자는 그 얘기를 듣자마자 마구 웃어버리고는 이제는 흡사 누나라도 된 것처럼 나를 가지고 놀려고 하는 것 같았다.

"남자는 십대에 성욕이 가장 왕성하다는 것은 나도 알아. 그래서 네가 하고 싶어한다는 것도 이해할 수는 있어. 그런데 말이지, 나는 아직 하고 싶지 않거든?"

케네디부터 간디에 이르기까지 역사에 이름을 남긴 사람들이 몇 살 때 동정을 떼었는지 말해줄까. 아니, 그들은 모두 남자이다. 여자에 대해서 얘기를 해주는 것이 나을 것이다. 배우 사라 베르나르는 18세에 첫 섹스를 했다. 조르주 상드는 17세에 남자를 알았고 에바 페론은 14세에 이미 자기를 수도 부에노스아이레스로 데려다주는 조건으로 삼류 가수와 잤다. 에디트 피아프도 십대 초반에 남자를 알았다. 아니, 이번에야말로 멀리 갈 필요가 없다. 춘향이는 열여섯이었고, 20년 전의 숙경씨는…… 그러나 이런 얘기를 해보았댔자 서영이는 눈썹 하나 까딱하지 않을 것이다. 일단은 말을 꺼낸 것으로 만족하기로 했다. 제법 오랜 시간 동안 참고 참은 끝에 꺼낸 얘기였다. 이제는 그런 것으로 눈치 보지 않아도 되는 것이 어디인가. 나는 짧은 대답으로 얘기를 끝냈다.

"알았어. 그만하자."

그러나 이제 시작이다. 그만할 생각은 추호도 없다. 오늘 얘기는 전초전일 뿐이다.

현장학습

*

평일 오전인데도 경복궁은 제법 북적거리고 있었다. 현장학습 때문
에 여러 학교의 고3들이 우르르 몰려든 탓이었다. 서울 시내에 있는
궁궐의 숫자에 비하면 고등학교 숫자는 턱없이 많았으니 북적거릴 수
밖에 없는 일이었다.

담임이 출석을 불렀다. 절반 정도는 아예 나오지 않았다. 하지만 나
오지 않은 녀석들이 결석으로 처리되지는 않을 것이다. 원래 그런 것
이다. 수능 끝난 고3은 출석을 부르는 그 시간에 어디에 있건 간에 죽
지 않고 살아 있기만 하면 무조건 출석으로 인정해주는 것이 대학 입
시 제도가 정착된 이래 면면히 이어내려온 오랜 미풍양속 아니겠는
가. 그럼에도 불구하고 출석을 부를 때 굳이 그 자리에서 대답하는 우
리 같은 아이들은 절반쯤은 죽을 만큼 아프지 않은 한 무조건 학교는

나오고 봐야 한다는 생각을 가진 순진한 녀석들일 테고 나머지 절반
은 아마 심심하기는 한데 달리 갈 데가 없는 놈들일 것이다. 출석을
부른 후 담임은 궁궐 구경하고 싶은 놈은 구경하고 집에 가고 싶은 놈
은 가라고 말했다. 현장학습? 현장학습이랍시고 학교에 나오지 말고
경복궁으로 나오라더니, 집에서 나와 지하철 타고 경복궁 오는 길을
숙지하는 것이 현장학습의 목표였나보다. 이럴 바에는 지하철 노선도
를 설명해주고 그냥 학교 나오지 말라고 하면 될 일인데 꽤나 복잡하
게 처리한다. 그렇다고는 해도 출석 부르고 난 뒤에도 계속 담임이 놓
아주지 않는다면 더 성가실 터였으니 별로 불만은 없었다. 담임의 말
이 끝나기도 전에 아이들은 삼삼오오 흩어졌다. 다른 학교들도 사정
은 마찬가지였는지 경복궁 안은 오래지 않아 한산해졌다. 영석이, 경
식이와 벤치로 가서 담배를 빼어 물었다.
　"현장학습을 하려면 미아리나 청량리 같은 데로 가야지 경복궁에
뭐 볼 게 있다고 여기로 오냐."
　경식이가 투덜거렸다. 나도 속으로는 전적으로 동감했다. 우리들의
이해와 요구에 근거해서 현장학습의 주제를 정하고 실질적으로 참여
해야 현장학습의 의의가 있는 것이 아니겠는가. 그리고 적어도 나의
이해와 요구에 근거한다면 그런 곳들이야말로 진짜 살아 있는 생생한
현장일 것이다. 그러나 내가 막상 그렇게 말하면 경식이 녀석은 아무
것도 모르는 주제에 뭘 아는 체하느냐고 할 것이다. 나는 점잖은 어조
로 말했다.
　"미아리? 자식, 아침부터 그런 생각이나 하고 있냐?"
　경식이는 내 타박에 굴하지 않고 징그러운 웃음을 흘리며 대꾸했다.

"너 같은 어린애들이야말로 학습 좀 해야 되는데. 내가 언제 한번 현장에 데리고 가줄까?"

"됐어, 인마."

영석이가 주위를 둘러보더니 한마디했다.

"이 아침부터 경복궁에 있는 커플들은 뭐냐?"

주변 곳곳에 산책하는 남녀들이 눈에 띄었다. 경식이가 때를 놓칠세라 재빨리 말했다.

"어젯밤에 어디 숙박업소에서 현장학습 하고 왔나보지, 뭐."

"그만 좀 해라. 그나저나 우리는 어디로 갈까?"

"이건 대낮도 아니고 이제 겨우 열시 반밖에 안 됐어. 정말 어딜 가나?"

"게임방이나 갈까?"

게임방이라면 지난 1년 동안 지겹게 드나들었던 곳이다. 게임방에서 노는 것이 고3 때는 그렇게 재미있더니 수능이 끝나자마자 갑자기 재미없어져버렸다.

"질리지도 않냐?"

"그럼 당구나 치러 갈까?"

"그건 안 지겨워?"

당구장 역시 지난 1년 동안 전혀 지겨운 줄 모르고 드나들었던 곳이다. 수능 전에는 전혀 지겹지 않았던 것들이 왜 갑자기 모두 재미없는 종목으로 변해버렸는지 모를 일이다.

"술 먹기에는 시간이 너무 이르잖아."

술집도 지난 1년 동안 종종 드나들었지만, 아직까지는 별로 지겹게 느껴지지 않았다. 그러나 아침 열시에 문을 여는 술집이 어디 있다는 말인가. 영석이가 투덜댔다.

"젠장, 뭐 이렇게 갈 데가 없냐."

경식이가 뭔가 좋은 생각이라도 해냈다는 듯이 눈을 반짝이며 말했다.

"웬만한 종목은 다 지겹도록 놀아봤으니, 우리 모처럼 독서실에나 가서 공부나 할까?"

경식이 말이 맞았다. 웬만한 종목은 다 질리도록 놀아봤다. 특히 녀석은 지난 1년간 공부하고는 담을 쌓고 살았으니 말이다. 내가 아무리 공부를 적게 하려고 애를 써도 도저히 경식이를 뛰어넘을 수 없었다. 고3 1년 동안 녀석들과 같은 독서실에 다녔다. 내가 하루에 세 시간을 공부하면 경식이는 한 시간을 공부했고 내가 한 시간을 공부하면 녀석은 아예 하지 않았다. 내가 아예 공부를 하지 않는 날도 없지는 않았지만 그런 날이면 녀석은 수업 시간 내내 잠만 잤다. 그 정도였으니 녀석은 이제 공부라면 새록새록 새로울 것이다. 그렇다고 독서실에 가서 공부를? 비록 지난 1년간 내가 아무리 공부를 안 했다고 하지만 놀았던 시간보다는 공부했던 시간이 더 많았을 것이다. 설령 전혀 공부하지 않고 1년을 보냈다 하더라도 공부라는 것은 그저 지긋지긋하기만 한 것이었다. 농담을 해도 정도가 있지. 영석이 같은 경우라면 또 어떨지 모르겠다. 내가 세 시간을 공부할 때 영석이는 여섯 시간을 공부했고 내가 한 시간을 공부하는 날에는 열 시간쯤 공부했으니 말이다. 1년 내내 지겹게 공부했던 영석이도 경식이의 가당치 않은 얘기에 곧바로 반응했다. 거의 동시에 내 오른손은 경식이의 뒤통수를 후려갈겼고 영석이의 주먹은 경식이의 옆구리에 가서 박혔다. 경식이가 욱, 하고 과장된 비명을 지르며 벤치 위에서 옆으로 길게 쓰러지자 영석이가 실실 웃으면서 쏘아붙였다.

"미친놈. 너나 빨리 가서 공부해라. 그리고 공부하다 모르는 것이 있어도 절대로 물어보러 오지는 마라."

숙경씨

*

"아들, 요즘 밥은 챙겨 먹고 돌아다니는 거냐?"

어느 때부터인가 숙경씨는 나를 부를 때 이름을 부르지 않고 아들이라고 호칭한다. 왜 이름을 부르지 않고 아들이라고 하느냐고 물었더니 아들이라고 부르는 것이 더 좋기 때문이란다. 그럼 나도 내 마음대로 불러도 되느냐고 반문한 것이 고등학교 1학년 때였다. 엄마는 깔깔대며 웃더니 어디 한번 해보라고 했다. 멍석을 깔아주면 못 할 줄 알고. 목소리를 잔뜩 깔고는 숙경씨, 라고 불러보았다. 엄마는 다시 마구 웃어대더니 그거 아주 괜찮다고 계속 그렇게 부르라고 했다. 그 다음부터 가끔 기분내키면 엄마를 부를 때 이름을 부른다. 숙경씨, 라고. 옆에 있던 삼촌이 혀를 차면서 그럼 자기를 부를 때는 명호씨, 라고 할 거냐고 묻기에 그렇게 해주마고 했다. 아무래도 콩가루 집안처

럼 보이기는 했지만, 어차피 집안에서의 일이니 우리끼리 콩가루라고
손가락질할 일은 없었다. 그런데 엄마, 삼촌, 하고 부를 때는 얘기할
수 없었던 것들이 숙경씨, 명호씨, 하고 부를 때는 자연스럽게 말할
수 있게 된 것이 신기하기도 했다.

"응, 엄마. 밖에서 먹고 들어왔어."

지금은 별로 엄마하고 대화하고 싶지 않다는 뜻이다. 소파에 비스
듬히 앉아 있던 숙경씨는 다시 티브이 쪽으로 시선을 옮겼다.

"요즘 드라마는 왜 죄다 애비, 에미가 자기 새끼 하나 제대로 찾지
도 못하고 저 난리를 치는 얘기뿐이냐."

숙경씨는 티브이 연속극이라면 깜빡 죽는다. 아마 지난 수십 년간
숙경씨의 모니터링을 거치지 않은 티브이 연속극은 별로 없을 것이
다. 뻔하다, 뻔하다 하면서도 놓치지 않고 꼬박꼬박 본다. 숍에서도
일은 하지 않고 티브이만 보는 것 같다.

숙경씨는 헤어 디자이너다. 몇 년 전까지만 해도 미용사였는데 동
네 미장원에서 시내의 번화가로 가게를 옮기면서부터 갑자기 헤어 디
자이너가 되었다. 가게 이름도 여러 번 바뀌었다. 헤어숍도 되었다가
뷰티숍도 되었으며 급기야 지금의 헤어 디자인 연구소가 되었다. 집
에 걸려오는 전화를 받아보면 숙경씨에 대한 호칭도 매우 다양하다.
사장님이기도 했고 선생님이기도 했고 소장님이기도 했다. 동네에서
미장원을 할 때에는 그냥 아줌마였는데 갑자기 사장님에 선생님에 소
장님이 되면 당혹스럽기도 할 일이지만 숙경씨는 처음부터 선생님에
소장님이었던 듯 아주 자연스럽게 그 호칭들을 받아들인다. 숙경씨의
숍에는 커다란 티브이 모니터가 설치되어 있고 모니터에는 외국의 패

션쇼며 헤어 모델들의 모습이 끊임없이 나오지만 숙경씨는 오로지 가게 한쪽의 소장실에 놓여 있는 조그만 티브이로 연속극만 보고 있다. 숙경씨의 말에 따르자면 자신이 티브이 연속극만 보는 것은 최근 대중문화에 나타나는 헤어 디자인이며 패션 등등의 조류를 연구하기 위해서라고 한다. 하지만 숙경씨가 헤어 디자인이나 패션의 조류에 관심이 없던 십몇 년 전에도 티브이 연속극을 끼고 살았던 것을 나는 알고 있다. 그래도 내가 이렇게 먹고살고 있는 것은 순전히 숙경씨의 그 헤어 디자인 연구소 덕분이니 소장님이 연속극만 본다고 해서 내가 뭐라고 할 것은 아니다.

숙경씨의 낙 중의 하나는 나와 같이 연속극을 보는 것이다. 명호씨만 해도 별로 말이 많은 사람은 아니니 같이 연속극을 보는 재미가 떨어진다는 것이다. 연속극은 아무래도 쟤는 정말 화장발뿐이라느니, 쟤는 도무지 재수 없다느니, 다음 장면은 뭐가 나올지 뻔하다느니, 이러니저러니 떠들어가면서 봐야 제맛이다. 그런데 지난 1년 동안 내가 고3이었기 때문에 숙경씨의 취미생활이 심각한 타격을 받았을 것이다. 모처럼 숙경씨하고 한번 놀아주기로 했다.

"그래도 우리들 즐거우라고 꼬아놓는 거잖아. 그렇게 꼬아놔야 더 재미있잖아."

"그것도 정도가 있지, 모든 연속극이 그러니 이게 무슨 유행도 아니고 도대체 뭐람."

숙경씨의 말마따나 흡사 유행처럼 출생의 비밀을 소재로 삼은 연속극들이 많았다. 주말연속극 두 개가 그랬고 아침드라마 하나가 그랬고 일일연속극 하나가 그랬다. 내가 알고 있는 것이 그 정도이고 모르는 것까지 다 합친다면 아마 태반은 족히 될 것이었다. 말이 나온 김에 나는 슬쩍 한번 찔러보았다.

"엄마, 혹시 나도 나중에 재벌 아빠가 갑자기 나타나는 건 아니야?"

"아무려면 내가 너한테 재벌 아빠 따위가 나타나게 할 만큼 수준이 낮았을 것 같니?"

숙경씨는 가볍게 넘겨버린다. 최초의 정공법 이후로는 늘 저런 식이다. 나는 재미가 없어진다.

"응, 나 방에 들어갈래."

*

어릴 적에 내게 아빠라는 말의 뜻과 존재의 의미를 가르쳐준 것은 티브이였다. 어느 때부터인가 집에는 엄마 외에도 아빠라고 불리는 남자가 있어야 한다는 사실을 알게 되었다. 집에 남자는 있었지만 나는 그를 삼촌이라고 불렀으니 우리 집에는 아빠라고 불리는 남자는 없는 것이 확실했다. 그날 저녁 엄마에게 물어보았다.

"엄마, 우리 집에는 왜 아빠가 없어?"

엄마는 그 말을 듣자마자 눈을 크게 뜨고, 애야, 네가 그 이야기를 어디서 들었니, 하며 나를 끌어안고는 통곡을 했다, 라는 것은 티브이 연속극에만 나온다. 워낙 연속극에 단련된지라 그런 식의 오버액션에는 신물이 날 정도가 된 엄마는 어설픈 연기는 하지 않았다. 엄마는 아무 일도 아니라는 듯 태연하게 대답했다.

"아빠? 왜 없냐면 말이지, 없으니까 없는 거야."

"그래도 다른 집에는 다 있다는데?"

엄마는 잠시 생각하더니 되물었다.

"그럼 말이지. 우리 집에 할아버지가 있어?"

나도 엄마처럼 잠시 생각해보는 듯한 흉내를 냈다.

"없어."

"그러면 할머니는 있어?"

또 생각해보았다.

"할머니는 있었잖아."

"돌아가셨잖아. 그래서 지금은 없지?"

"응."

"우리 집에는 아빠만 없는 게 아니라 할머니도 없고 할아버지도 없고 네 형이나 동생도 없어. 근데 어떤 아이들은 할머니도 있고 할아버지도 있을 테고 또 어떤 아이들은 할아버지, 할머니가 없기도 하지? 또 어떤 아이들은 형이나 동생이 있고? 식구라는 건 다 그렇게 집마다 다르게 있는 거야. 무슨 얘기인지 알겠어?"

"응."

무슨 얘기인지 어렸던 내가 알 리가 있겠는가마는 어쨌든 집에 아빠가 없다고 해서 이상한 것이 아니라는 얘기 같았다. 그리고 아빠가 없다고 해서 불편한 일은 사실 아무것도 없었다. 오히려 학년이 올라갈수록 아빠 때문에 골머리를 썩는 아이들이 늘어나는 것을 보며 나는 고개를 끄덕이곤 했다. 아빠란 것이 별로 좋은 것이 아니구나. 이래서 엄마는 아빠가 없게 한 거였구나.

그 이후로 아빠에 대해서 다시는 물어보지 않았다, 는 기특한 아이들 역시 연속극에만 자주 나온다. 나는 머리가 굵어지면서 명호씨에게 종종 물어보았다.

"우리 아빠는 어떤 사람이야?"

명호씨의 대답은 매년 달라졌다. 처음에는 아주 근사한 사람이었던 것처럼 얘기했는데 해가 가면 갈수록 근사함의 정도가 낮아졌다. 뒤늦게 생각해보니 아마 명호씨도 잘 모르는 것이 아닌가 싶다. 마지막으로 물어보았을 때 명호씨는 이렇게 대답했다.

"재벌도 아니고 정치인도 아니야. 네가 갑자기 신분 상승할 일은 없을 거야. 안심해."

나는 안심했지만 조금 아쉽기도 했다. 어느 날 갑자기 재벌인 아빠가 나를 찾으면 나는 가만 앉아서 졸지에 재벌 2세가 되는 것이 아니겠는가. 재벌 2세가 되면 공부를 안 해도 대학에 갈 테고 영어를 못 해도 유학을 갈 것이고 아프지 않아도 군대에 가지 않을 테고 놀고만 있어도 예쁜 여자들이 줄줄 쫓아다닐 텐데 어찌 아쉽지 않을 수 있겠는가. 그러나 솔직히 말하자면 재벌 아빠가 수백 명 나타난다고 해도 관심없다. 재벌 할아버지, 재벌 아빠, 재벌 엄마, 재벌 삼촌을 다 합쳐놓는다 하더라도, 엄마와 삼촌의 이름을 마구 불러대도 야단치지 않는 숙경씨, 명호씨가 더 좋다.

명호씨

*

　파카 주머니에서 88라이트를 꺼내 피워 물고 침대 밑에서 빈 우유 곽을 끄집어냈다. 이제는 담배를 피울 때 내 방에서 떳떳하게 내놓고 피우기로 마음먹었다. 담배를 처음 피워본 것은 고등학교 2학년 때였다. 하는 일 없이 매일 집에만 있어서 시간이 터무니없이 남아도는 명호씨는 내가 집에 없는 시간이면 가끔 내 방에서 여가를 보낸다. 명호씨는 남의 방에서 할 수 있는 가장 좋은 취미생활은 사생활 훔쳐보기라는 것을 당연하게 생각하는 것 같았다. 내가 담배를 피운다는 것을 명호씨가 알아차린 것은 담배를 배운 지 일주일도 채 안 돼서였다. 명호씨는 내게 준엄하게 말했다. 아니, 준엄하게 말하려 노력했다.

　"너, 고삐리가 벌써 담배나 배우냐?"

　명호씨의 딱딱한 표정 너머에는 빙글거리는 얼굴이 있을 것이다.

나는 천연덕스럽게 반문했다.

"응, 며칠 전에 배웠어. 삼촌, 그런데 고딩은 담배 피우면 안 되는 거야?"

"담배를 피워도 되는 이유를 세 가지만 말해봐."

또 시작했다. 그놈의 세 가지. 공부하기 싫은 이유를 세 가지만 말해봐. 심부름 가기 싫은 이유를 세 가지만 말해봐. 전직 대통령이 돌대가리인 이유를 세 가지만 말해봐…… 명호씨가 그런 식으로 말하는 것은 대화를 하고 싶다는 뜻이다. 소크라테스로부터 무슨 큰 감화라도 받았는지 명호씨는 대화법을 통해 내 입으로 결론을 이끌어내는 것을 듣고 싶어한다. 어렸을 때는 좋았지만 머리가 굵어진 이후로 가끔은 귀찮기도 했다.

"명호씨부터 내가 담배를 피우면 안 되는 이유를 세 가지만 말해봐."

명호씨가 애써 지었던 준엄한 표정은 어느새 허물어졌다. 웃고 있는 명호씨의 눈은 어디 한번 해보자는 거냐, 라고 말하고 있었다. 재미있어하는 기색이 역력한 얼굴이었다.

"첫째는 건강상의 문제지. 너는 지금 성장기에 있는데 성장기에 담배 피우는 것은 훨씬 더 몸에 좋지 않아. 둘째로 너희 학교 교칙에 흡연이 금지되어 있을 것이 뻔하니 학생으로서의 교칙 위반이고, 마지막으로…… 에, 마지막으로는 네가 고등학생 신분으로 흡연한다는 것을 네 엄마가 알면 슬퍼할 거 아냐."

"명호씨, 그렇다면 말이야. 건강에 나쁘다고 하더라도 조금 더 심하게 나쁘거나 조금 덜 나쁘거나 하는 기준도 애매하고 내가 이미 다

컸는지도 아직 덜 컸는지도 사실은 알 수 없잖아. 그리고 교칙 위반이라지만 학교에서 안 피우면 되잖아. 담배는 내 기호품이고 심리적 미각적 취향인데 아무리 학교라지만 다른 사람들에게 피해를 주지 않는 한 내 심리적 미각적 취향마저 학교에서 이래라저래라 할 수는 없잖아. 마지막으로 엄마한테는…… 삼촌만 협조해주면 되는 문제잖아."

내가 명호씨의 어투를 흉내내면서 나름대로 조리 정연하게 대꾸하자 명호씨는 정색을 하고 말했다.

"네 말이 다 맞을 수도 있어. 피우고 안 피우고는 전적으로 네 마음이고. 그런데 내 생각에, 문제는 말이지. 역시 네가 고등학생이고 고등학생이 담배를 피우는 것은 사회적으로 금지되어 있다는 것이야. 금지의 타당성은 우리 둘이 결론 내릴 수 없는 일이니 일단 논외로 치고, 여하튼 담배를 피우면 곧바로 제재가 가해지잖아. 학교에서도 처벌할 테고, 혹시 길거리에서 도덕군자 아저씨를 만나면 괜히 귀싸대기를 맞거나 욕먹을 테고 말이지. 그래도 피우려면 몰래 피워야 하는데 그 경우 네 마음속에 어떤 종류의 죄의식이 생기지 않을까? 죄의식과 스트레스를 쌓기에는 담배는 참 하찮은 것 아닐까?"

나는 명호씨의 충고를 백 프로 받아들였다. 그리하여 죄의식을 갖지 않도록 노력했다. 비록 숨어서 담배를 피울지언정 언제나 당당한 자세를 갖추고 떳떳한 마음으로 피웠다. 담배를 살 때도 지방자치단체에 재정적인 도움을 주고자 우리 동네에서만 샀으며 담배 농가에 조금이라도 보탬이 되고자 외국산 담배는 절대로 사지 않았다. 여럿이 모여 서서 뻑뻑 피워대는 점심시간의 학교 화장실 같은 곳에서는 피울 생각도 하지 않았다. 가급적 사방이 탁 트인 곳에서, 대기를 마음껏 호흡하며 가슴 펴고 피울 수 있는 곳에서, 피우곤 했다. 그런 곳이라야 만약의 경우에 뒤도 안 돌아보고 도망칠 수 있다.

집에서 피울 때면 베란다로 나가서 피우거나 방에서 창문을 활짝 열어놓고 그 앞에 머리를 내밀다시피 하고 피웠지만 이제는 창문도 조금만 열고 방 한가운데에 떡하니 누워서 피울 것이다. 우유곽도 없애버리고 멋있는 재떨이를 하나 사야겠다. 아니, 서영이에게 하나 사달라고 해야겠다. 그것도 아니다. 명호씨에게 사달라고 하는 것이 낫겠다.

*

우리 집에는 두 남자와 한 여자가 살고 있다. 엄마인 숙경씨와 외삼촌인 명호씨와 나, 이렇게 세 사람이다. 남자가 둘이나 있지만 돈을 벌어오는 사람은 여자인 숙경씨 하나뿐이다. 명호씨는 이제까지 돈을 벌어본 적이 없는 사람이다. 앞으로도 없을지 모른다.

명호씨는 서울대 법대를 나왔다. 한때 집안의 희망이었을 것이다. 숙경씨의 말에 따르자면 마을 어귀에 플래카드를 걸게 한 장본인이기도 했다. 그러나 홀어머니가 돌아가시자 굳이 되살릴 것도 없는 집안을 일으키기 위해 사법고시 준비를 하는 대신 명호씨는 백수의 길을 택했다. 아마 서울대 법대 졸업생의 연봉 수준을 랭킹화한다면 명호씨의 순위는 틀림없이 밑에서 톱일 것이다. 아니, 빚을 많이 진 사람이 있으면 그 경우는 마이너스로 계산해야 되나? 아니지, 빚도 자산이라고 하면 명호씨보다는 자산이 많다. 맞는 건가? 수능 끝난 지 며칠 되지도 않았는데 다 까먹었다. 경제 교과서에 이런 이야기가 나오기나 했던가. 뭐가 뭔지 헷갈린다. 여하튼 명호씨의 연봉은 0원이다. 10년 전에도 0원이었고 지금도 0원이다. 따라서 소득 누계도 0원이다. 굳이 서울대 법대 졸업생들의 통계 수치만 뽑아볼 필요도 없이 그냥 우리나라 전체 경제활동 인구의 소득을 랭킹화해도 명호씨의 순위는 밑에서 톱일 것이다.

몇 년 전에 서른을 훌쩍 뛰어넘은 명호씨는 장가갈 생각도 하지 않고 책하고 살고 있다. 명호씨의 방은 책으로 뒤덮여 있다. 큼지막한 책장 네 개는 이중으로 책들이 꽂혀 있고 책장 위로도 천장까지 책들로 빼곡하다. 책상 옆에도 책들이 줄줄이 쌓여 있고 책상 밑에도 책들이다. 문제는 명호씨가 책들을 계속 사 모은다는 것이다. 언젠가 명호씨의 방은 침대가 있는 공간을 제외하곤 모두 책들로 뒤덮일 것이다. 법학에 관한 책들은 꺼내려야 꺼낼 수도 없는 제일 깊숙한 곳들에 처박혀 있다. 언젠가 명호씨에게 물어본 적이 있었다.

"삼촌은 왜 취직 안 해?"

"안 하는 게 아니라 못 하는 거야."

"에이, 서울대 나와서, 그것도 서울대 법대 나와서 취직 못 한다는 게 말이나 되는 얘기야?"

"흐흐. 서울대 법대 나왔기 때문에 취직 못 하는 사람들도 많아."

"그게 무슨 말이야?"

"고시 공부에 매달리다보면 취직 제한 연령을 훌쩍 넘겨버리게 되거든. 그렇다고 얘들이 아무 데나 취직하려고 하지도 않고 계속 고시 공부를 하지. 되기만 한다면야 그야말로 용 되는 거지만 안 되면 백수인 거야. 또 애들은 눈도 높아서 7급 공무원 시험도 안 보려고 해. 오로지 고시만이 유일한 길이라는 거지. 차라리 서울 법대 들어오지 않는 게 훨씬 나았을 애들 많아."

"그거야 그 사람들 얘기고 삼촌은 고시 공부도 안 하잖아."

"왜 안 해. 지금도 국가고시 준비하고 있는데."

"삼촌이 무슨 고시 공부를 해?"

명호씨는 심각한 표정으로 대답했다.

"운전면허 고시. 벌써 두 번이나 낙방했다."

하면 된다

*

　노크를 하고 명호씨의 방으로 들어갔다. 명호씨는 컴퓨터 모니터에 시선을 고정시킨 채 내 쪽은 쳐다보지도 않고 있었다. 모니터 안에는 바둑판이 있었다. 인터넷 바둑 사이트에 접속해서 바둑을 두고 있던 중이었나보다. 책 말고 명호씨의 유일한 취미가 바둑이었다. 도무지 질리지도 않는 모양이다. 까만 돌 하나 하얀 돌 하나 번갈아 놓는 것이 뭐가 그렇게 재미있는지 모를 일이다. 어렸을 때 명호씨가 내게 몇 번인가 바둑을 가르치려고 해보았지만 나는 전혀 재미를 느끼지 못했고 오래지 않아 명호씨도 더이상 가르치는 것을 포기했다. 바둑은 생각해야 하는 게임인데 아무래도 곰곰히 생각하는 것은 내 적성에는 맞지 않는 것 같다.

　"삼촌, 커피 마실래?"

명호씨는 여전히 나를 쳐다보지도 않으면서 대답했다.

"응."

내가 커피 두 잔을 타서 가지고 들어가자 그제야 명호씨의 시선이 나를 향했다.

"어, 고맙다."

명호씨는 커피잔을 받아 책상 위에 올려놓았다. 나는 방바닥에 앉아 커피를 한 모금 홀짝거리고는 말했다.

"삼촌, 나 재떨이 하나 사주라."

"응, 그러자. 그나저나 이거 대마가 다 죽어버렸네."

명호씨는 다시 내게서 눈길을 거두어들이고 모니터를 유심히 쳐다보며 건성으로 대답했다. 명호씨의 관심은 이미 죽어버렸다는 대마에만 쏠려 있는 것 같았다.

"삼촌, 뭐 하나 물어보자."

"뭔데?"

"삼촌은 섹스해봤어?"

제법 강도가 센 질문이었는지 비로소 명호씨가 나를 똑바로 쳐다보았다.

"그건 왜 물어보는데?"

"궁금하니까."

"돌려서 말하지 말고 물어보고 싶은 것을 물어봐."

"헤헤, 정말 섹스하면 좋아?"

"사람마다 다를 거야."

"삼촌은 어땠는데?"

"안 가르쳐줄란다. 머리에 피도 안 마른 조카 녀석아."

아무래도 명호씨는 나하고 이런 이야기를 할 기분이 아닌 것 같았다. 질문의 방향을 조금 바꾸어보았다.

"삼촌은 몇 살에 동정을 뗴었어?"

명호씨의 표정에 미미한 변화가 있는 것이 방향을 잘 잡은 것 같았다. 명호씨의 볼이 허물어졌다. 명호씨는 뭔가 살피려는 듯 내 얼굴을 유심히 쳐다보며 반문했다.

"그건 왜 물어보는데? 너 혹시 친구들이랑 어디 이상한 데 갔다 왔나?"

"이상한 데가 어딘데?"

"자식이 능청 떨기는…… 사창가 같은 데 말이야."

"어이구, 미쳤어? 고등학생 신분으로 어떻게 그런 데를 가? 사회적 규범이나 학교의 교칙이 어디 그런 데 가게 내버려두나. 게다가 엄마가 알면 얼마나 슬퍼하겠어?"

명호씨는 내 말이 재미있나보다. 두고 있던 바둑을 불계패 처리해놓고 나서 모니터에 떠 있던 창마저 닫고는 몸을 완전히 내 쪽으로 돌렸다.

"그러면 왜 물어보는 건데?"

"언제쯤 동정을 떼는 게 적당한가 싶어서…… 삼촌은 모르는 게 없잖아."

명호씨의 대답은 의외로 간단했다.

"떼고 싶을 때 떼렴."

"그런 말이 어디 있어. 떼고 싶은 때 뗄 수 있다면 5년 전에 떼었겠다. 교복 입고 학교 다니는 학생이 어떻게 섹스를 해?"

나는 일부러 순진한 척을 했다. 만약 내가 좀 껄렁껄렁하게 지금 당장 어디라도 가서 동정을 떼고 올 것처럼 말하면 아마도 명호씨는 그렇게 동정을 떼는 것은 아무런 의미가 없다는 식으로 얘기할 것이다. 아니나 다를까. 명호씨의 입에서는 주옥같은 말들이 쏟아졌다.

"왜 못 해? 외국 애들은 대개 십대 중반이면 섹스 경험이 있다는데. 영국의 콘돔 회사 듀렉스에서 10여 개 국을 대상으로 조사해봤는데 첫 경험 평균 연령이 열일곱이더군. 그것도 갈수록 빨라지고 있다더라. 미국 애들이 제일 빨라서 열다섯이고 동양권인 대만과 태국도 열일곱 정도이던걸. 그리고 가장 최근에 신문에 나온 통계자료를 보니 우리나라 고등학생은 11퍼센트 정도가 성 경험이 있다더만. 남자애들이 13퍼센트가 넘고 여자애들이 8퍼센트 정도더라. 아마 실제로는 통계 수치보다는 많을 거야. 그러면 백 명 중에 스무 명 정도는 섹스를 했다는 얘기일 테지. 그리고 우리나라 역시 앞으로 점점 더 늘어날 테고."

마음에 드는 얘기였다. 잘 기억해두었다가 서영이에게도 말해주어야겠다. 또 한번 순진한 척했다.

"미성년자는 섹스하면 안 되는 거 아냐?"

명호씨가 웃음을 흘렸다. 내 속을 뻔히 알고 있다는 듯한 웃음이었다.

"법적으로 일정 연령 미만은 섹스하면 안 된다는 규정은 없어. 예컨대 20세 이상이면 부모 동의가 없어도 결혼할 수 있고, 20세 미만이더라도 남자가 18세가 넘고 여자가 16세가 넘으면 부모 동의를 받아서 결혼할 수 있거든. 그리고 미성년이라도 결혼하게 되면 그때부터는 성인으로 인정받아서 민법상의 각종 법률적 권리를 행사할 수 있어. 그러니까 너는 지금이라도 엄마한테 허락받으면 결혼할 수 있는 거야. 결혼 가능한 나이라고 한다면 섹스는 당연히 가능한 나이라고 볼 수 있는 거고. 물론 학교에서 알면 좋을 거야 없겠지. 교칙에 학생의 품위를 저해하는 행동을 하면 징계한다는 규정이 있을 테니까. 그러니까 간단히 말해서 아무도 모르게 하면 되지.”

법대 출신이니 그것도 서울대 법대 출신이니 법적인 부분에 관해서는 전적으로 믿어도 될 것이다. 아니지, 명호씨는 법학 공부를 제대로 안 했을 텐데, 믿어도 될까? 하여튼 내게 불리하지 않은 얘기니 일단 믿기로 했다. 나는 명호씨의 얘기에 맞장구를 쳤다.

“맞아, 십대가 성욕이 제일 왕성한 때인데 못 하게 하는 건 말도 안 되는 일이지?”

“생물학적 나이와 사회적 나이의 괴리 탓이야. 조선시대만 보더라도 십대에 이미 시집 장가 가고 했잖아. 여자 나이 스물만 넘기면 노처녀라는 소리를 들었대지? 그게 왜 그런가 하면 그때는 농경사회라서 그래. 농경사회에서는 십대 중반만 되어도 어엿한 한 사람의 일꾼이 되는 거야. 여자도 마찬가지이고. 일꾼이 된다는 것은 경제적으로 자기의 생활을 꾸릴 수 있다는 뜻이거든. 그러니 가정도 꾸려나갈 수 있는 것이지. 그런데 요즘은 그렇지 않잖아. 자본주의 사회가 되고 세상이 복잡해지면서 한 사람의 일꾼을 만들어내는 데에 전보다 훨씬 많은 시간이 드는 거야. 농사 짓는 법 배우는 데에 12년의 제도 교육이 필요하고 4년의 대학 교육이 필요한 것은 아니지만 자본주의 사회에서 요구하는 회사원 하나 만들어내는 데에는 십몇 년의 교육이 필요한 거야. 그러다보니 이십대 중후반이나 되어야 겨우 일꾼이 될 수 있는 거고, 따라서 그때나 되어야 결혼도 하지. 아무리 빨리 해보았댔자 고등학교는 졸업한 다음이니 스물은 되어야 하는 거지. 그런데 자본주의 사회라고 해서 사람의 몸이 더 늦게 성장하는 것은 아니거든. 그 괴리가 바로 청소년의 성 문제란다."

젠장, 해도 된다는 얘기를 뭐 이렇게 어렵게 하는가. 이 얘기는 너무 길어서 외워두었다가 서영이에게 다시 써먹기는 곤란할 것 같았다. 눈높이 강의가 필요한 것 아니겠는가. 일단 결론부터 확인해보았다.

"뭐 그렇게 길고 복잡해. 그러니까 요는 내 나이면 충분히 할 수 있는 나이라는 거지?"

"응, 능력 있으면 해. 근데 누가 너한테 기꺼이 몸을 바치겠냐. 돈 몇푼 들고 사창가로 향하는 건 능력과는 무관한 일이니 웬만하면 사창가는 가지 말고. 한번쯤 가보는 것도 영 쓸모 없는 일만은 아니겠지만 처음을 그렇게 해버리면, 글쎄, 내 생각에는 별로 좋은 것 같지는 않아."

명호씨의 결론은 능력이었다. 그렇다면 하면 된다. 학교 교문 앞에는 교훈이 걸려 있다. '할 수 있다, 하자, 하면 된다.' 처음으로 우리 학교의 교훈이 훌륭하다는 생각이 들었다. 능력이 없다면 만들면 된다. 그렇다. 할 수 있다, 하자, 하면 된다. 무엇을? 섹스를!

*

서영이가 집으로 왔다.

"삼촌 계시지?"

"응."

서영이는 내게는 별로 반가운 기색도 보이지 않더니 곧바로 명호씨의 방으로 가버렸다.

"서영이 왔구나, 어서 와라."

"네, 삼촌, 저 책 좀 빌려가도 되지요?"

"응, 그러렴. 무슨 책?"

"삼촌이 저 볼만한 책들 추천해주시면 어떨까요?"

"그럴까? 어떤 종류로?"

"소설도 좋고 다른 책들도 좋고요."

문가에서 두 사람의 대거리를 잠시 지켜보다가 나는 내 방으로 들어오면서 방문을 소리 나게 닫아버렸다. 서영이는 어쩌면 정말 나를 보러 온 게 아니라 책을 빌리러 왔는지도 모르겠다. 아니, 책을 빌린다는 핑계로 명호씨를 보러 온 것인지도 모르는 일이었다. 버지니아 울프며 도스토옙스키며 루카치며 커트 보네거트에 관한 이야기를 나와 나눌 수 없는 노릇이긴 하지만 그래도 명색이 남자친구이자 준애인급인 나를 번번이 제쳐놓는 것이 유쾌한 일은 아니었다. 『슬램덩크』 같은 만화책 이야기라면 나도 얼마든지 할 수 있는데, 아니 『리니지』나 『불의 검』 같은 순정만화 이야기도 얼마든지 커버할 수 있는데, 게다가 『오, 한강』 같은 수준 있는 만화에 대해서도 충분히 논할 수 있는데 하필이면 왜 버지니아 울프 같은 이상한 이름에 대해서 이야기해야 한다는 말인가.

가끔 서영이가 집에 와서 명호씨하고 얘기하는 걸 보면 어쩌면 애는 나보다 명호씨를 더 좋아하는 것이 아닌가 하는 의심이 들기조차 했다. 혹시 명호씨도 나보다 서영이를 더 좋아하는 것이 아닐까. 설마 서영이에게 아저씨 취향이 있는 것은 아니겠지. 요즘 원조교제 관련 사건 기사가 심심치 않게 신문에 나온다던데…… 서영이가 원조받을 만큼 딱한 처지에 있는 것도 아니고 명호씨가 원조해줄 만큼 풍족한 사람이 아니라는 것이 다행이라면 다행이었다. 아니지, 저것은 일종의 정신적 원조인지도 모르는 일이잖아.

서영이는 좀처럼 명호씨의 방에서 나오지 않았다. 다시 들어가봤자 둘이서 쓸데없는 이야기나 하고 있을 테고 둘 다 나한테는 신경도 쓰지 않을 것이 뻔했다. 괜히 들어가서 스타일을 구기느니 그냥 내 방에 혼자 있는 것이 차라리 나았다.

잠시 후 노크 소리가 나더니 서영이가 내 방문을 살짝 열고는 얼굴만 들이밀었다.

"준호야, 나 간다. 잘 있어라."

서영이는 내 대답은 듣지도 않고 재빨리 방문을 닫아버렸다. 이런이런. 다급하게 뒤따라갔지만 서영이는 어느 틈에 새처럼 포로롱 아파트 현관 밖으로 나가버렸다. 도대체 이게 다 뭐란 말인가. 아무리 내가 요즘 한번 하자고 성가시게 굴었기로소니 내게는 한두 마디만 남기고는, 내내 명호씨하고만 놀다가 그냥 가버리다니 말이다.

"서영이 쟤, 무슨 책 빌려갔어?"

“왜? 너도 읽어보게?”

“읽긴 뭘 읽어. 대답이나 얼른 해줘.”

“내가 소설 몇 권 추천해줬는데 그것들하고, 성 담론에 관련된 책들은 뭐 없냐고 하더군.”

“뭐뭐 빌려줬어?”

“『세계풍속사』하고 『섹스북』하고 『또하나의문화』 몇 권 빼서 줬다.”

그 책들이라면 나도 알고 있다. 내가 한때 열심히 읽었던 책들이다. 아니, 읽었다고 하기에는 양심상 찔린다. 다만 열심히 보기는 했다. 글자는 읽지 않고 주로 사진들만 봤다. 훌륭한 사진 자료들이 풍부하게 실려 있는 좋은 책들이다. 사진 자료들만 보아도 동서고금을 막론하고 밝히는 사람들이 꽤 많았다는 것을 알 수 있다. 모름지기 양서라고 한다면 그 정도는 되어야 한다는 것이 내 생각이다. 그나저나 서영이가 그런 책들을 빌려갔다니, 자기도 약간은 고민되는 모양이었다. 기분이 조금 나아졌다. 명호씨가 눈을 가늘게 뜨고는 나를 빤히 쳐다보더니 툭 던지듯 물어보았다.

“근데, 너 요즘 서영이한테 같이 자자고 귀찮게 굴고 있나?”

뜨끔했다. 한마디를 남기고는 서둘러 방문을 닫고 도망쳐나왔다.

“어허, 명호씨. 시퍼런 백주대낮에 무슨 그런 해괴한 소리를 다……”

마스터베이션

*

　명호씨는 실로 내 인생의 스승이라고 할 만하다. 초등학교 때부터 내 전 과목 과외 교사이기도 했다. 하지만 덕분에 성적이 올랐다거나 하지는 않았다. 명호씨는 내 성적에 별로 관심이 없었고 나도 내 성적에 별로 관심이 없었으니 당연한 결과였을 것이다. 다만 숙경씨는 가끔 고개를 갸웃거리며 이상하다고 생각했을지도 모른다. 학교 공부 말고 명호씨가 가르쳐준 것은 매우 많았다. 마스터베이션에 대한 심도 있는 가르침도 그중 하나였다.

　마스터베이션. 자위라고도 하고 오나니라고도 하며 용두질이라고도 하고 수음이라고도 하며 딸딸이라고도 한다. 나는 영어를 별로 좋아하지는 않지만 이 경우에는 마스터베이션이 가장 마스터베이션답다고 생각한다. 자위라고 하면 어쩐지 너무 딱딱한 것 같고 오나니나 용두질은 왠지 구닥다리 같은 느낌을 주며 딸딸이는 너무 속된 표현이라 못된 장난 같은 뉘앙스를 준다. 그리고 수음은 어쩐지 고상한 행위처럼 보여서 영 밥맛이다. 따라서 마스터베이션은 마스터베이션이라고 칭하는 것이 제일 적당하다. 마찬가지로 남자의 성기도 페니스라고 칭하는 것이 제일 적당해 보인다. 고추라고 하면 너무 애들 같아 보이고 자지라고 하기에는 아무래도 노골적으로 여겨져 민망하며 남근, 음경, 옥경 및 성기라는 단어는 고풍스러워 보일뿐더러 왠지 근엄해 보이기조차 한다. 페니스, 이 말이 딱 좋다. 속되지도 않고 근엄해 보이지도 않는다. 남의 나라 말이 편할 때도 있다.

"마스터베이션도 잘해야 되는 거야. 그거 잘못하면 인생 망치게 돼."

작년 어느 날 뜬금없이 명호씨가 내게 던진 말이었다.

"그게 무슨 말이야?"

찔리지 않을 수 없었다. 항상 문을 잘 잠갔는데. 설마 명호씨가 내 방문에 귀를 댄 것은 아니었을까. 그러나 이내 뭐, 알면 어때, 하는 생각이 들었다. 명호씨는 아마 내 방에서 취미생활로 이것저것 뒤적이다가 내 컴퓨터도 죄다 훑어봤을 것이다. 내가 아무리 야한 파일들을 컴퓨터 안에 깊숙이 감추어놔도 귀신처럼 잘도 찾는구나. 그렇다고 해서 명호씨에게 거칠게 항의할 생각은 없었다. 아, 요즘 구성애 아줌마가 티브이에 나와서 '아들아, 휴지는 좋은 걸 쓰거라' 하는 식의 성교육을 한다는데 명호씨가 그 프로를 보고 나서 하는 말인 것 같았다. 명호씨에게 교육의 장을 열어주기로 마음먹고 나는 뻔뻔하게 나갔다.

"그럼 어떻게 해야 되는데?"

"내가 살아 있는 성교육을 해주마. 좋은 티슈를 쓰는 것만 중요한 게 아니야. 웬만하면 돈 좀 들여서 크림이나 윤활제 같은 것들을 바르고 하렴."

"왜?"

"자극이라는 게 익숙해질수록 둔감해지거든. 그래서 점점 더 강한 자극을 찾게 될 수밖에 없고. 손으로만 하면 자기도 모르게 점점 더 강한 자극을 주게 되는데 실제 여자의 몸은 남자의 악력만큼 그렇게 강한 압력을 주지 않아. 그래서 나중에 실제로 여자와 하게 되면 잘 안 되는 수가 있어."

귀가 번쩍했다. 다른 데서는 듣지 못한 얘기였다. 명호씨는 역시 모르는 게 없었다.

"호오, 그게 그런 거야?"

"그래, 의사 하는 친구놈이 말해준 거야."

"그럼 삼촌도 그렇게 해?"

명호씨는 나를 빤히 쳐다보며 자르듯 말했다.

"몰라도 된단다. 이 버릇없는 조카 녀석아."

*

그러나 명호씨가 해준 살아 있는 성교육은 아무 짝에도 쓸모가 없었다. 다음날 학교에 가서 친구들에게 그 얘기를 했지만 귀담아듣는 놈은 아무도 없었다.

"크림? 놀고 있네. 그러면 손도 끈적끈적해지고 거기도 끈적끈적해서 나중에 샤워라도 해야 되잖아. 인마, 휴지로 끝낼 일을 왜 샤워까지 하게 만드냐."

내 얘기가 끝나기도 전에 대뜸 영석이가 반론을 제기했다. 어, 그렇기도 하겠구나. 경식이도 가만히 있지 않았다.

"그리고 섹스용품점에서 파는 거면 비쌀 텐데, 그 돈을 어떻게 감당하냐."

경식이 같은 놈은 그럴 법도 할 것이다. 녀석은 몇 번까지 할 수 있나 궁금해서 방송국의 〈호기심 천국〉이라는 프로에 엽서를 보낸 적조차 있었다. '힘이 넘쳐서 고민하는 고등학생입니다. 남자의 마스터베이션은 하루 몇 회까지 가능한 건가요? 아이 궁금하여라. 꼭 알려주셔야 해요.' 물론 그 엽서는 채택되지 않았다. 경식이의 궁금증이 티브이를 통해 해소되기에는 우리나라 방송국은 너무 보수적이다. 녀석이 그 엽서를 쓸 때 영석이와 나도 옆에서 보고 있었다. 영석이가 대뜸 면박을 주었다.

"인마, 이런 걸 뭐하러 보내? 직접 해보면 되잖아."

"새끼야, 이미 해봤어. 이건 장난으로 보내는 거야."

"몇 번까지 했는데?"

경식이는 어깨를 한번 으쓱하고는 대답했다.

"여덟 번, 그리고 밤에 몽정 한 번."

하루에 여덟 번? 게다가 몽정까지? 멀쩡한 정신으로는 할 수 있는 일이 아니다. 내 생각에 녀석은 그날 틀림없이 인류 역사상 가장 야하고 자극적인 포르노물을 보았을 것이다. 그렇다고는 해도 실로 대단한 녀석이었다. 영석이와 나는 서로 마주 보며 고개를 절레절레 흔들었다.

"너, 이름 바꿔라. 변강쇠로."

"인마, 남자라면 그 정도는 해야 나중에 마누라한테 사랑받는 거야."

미친놈 같으니라고. 그 정도나 되어야 나중에 사랑받는 거라면 재벌이 아닌 우리나라의 대부분의 남편들은 전혀 사랑받지 못하는 삶을 살고 있다는 얘기에 다름 아닐 것이다. 나는 일찌감치 돈이나 많이 벌어서 돈으로 사랑받는 수밖에 없을 터였다.

녀석들의 결론은 크림이니 뭐니 다 필요없고 오로지 맨손이 제일 낫다는 것이었다. 나라도 명호씨의 가르침을 따르려고 해보았으나 쉽지 않은 일이었다. 우선 윤활제 같은 것을 사려면 성인용품점에 가야 되는데 머리에 피도 안 마른 것이 뻔해 보이는 야들야들한 얼굴로 멀쩡하게 들어가는 것은 아무래도 곤란한 일이었다. 그리고 무엇보다도 명호씨가 없는 틈에 명호씨의 방을 샅샅이 찾아봤지만 어디에도 크림이나 윤활제 따위는 없었다. 건강한 성인 남자라면 누구나 한다는 그것, 명호씨가 고자가 아니라면 하지 않을 리 없건만 명호씨의 방에도 올바른 마스터베이션을 위한 보조도구가 없다니. 살아 있는 성교육은 무슨 살아 있는 성교육인가. 실천하지 않는 지식은 죽은 지식이라고 한다면 명호씨의 성교육도 죽은 성교육이었다.

내게 최초로 살아 있는 성교육을 해준 사람은 중학교 때 같은 반 친구였던 창수였다.

중학교 2학년 때였다. 같은 반의 몇몇 친구들과 창수의 집에 간 적이 있었다. 창수 부모님은 여행가셨다고 했다. 우리는 마루의 안락한 소파에서 창수가 틀어준 문화 비디오를 감상했다.

"우와, 저게 뭐냐. 끝내준다."

한 녀석이 탄성을 질렀다. 녀석도 처음 보는 모양이었다. 나는 마치 전에도 봤다는 듯 아무렇지도 않게 앉아 있었지만 내내 가슴이 벌렁 벌렁했다. 사방에서 침이 넘어가는 소리만 들렸다. 창수는 하도 봐서 지겹다는 듯 딴짓을 하곤 했으나 은근히 자랑스러워하는 기색이 역력했다. 그날 이후 일주일 동안 눈앞에는 비디오에서 보았던 영상들이 어른거렸고 길거리에 지나다니는 여자들의 특정 부위만을 유심히 쳐다보게 되었다. 나도 집에 아무도 없을 때면 집 안을 죄다 뒤져봤지만 어느 곳에서도 그런 테이프 하나 나오지 않았다. 서른 넘은 노총각이라면 방에 포르노 테이프 하나쯤은 있어야 정상이 아닐까. 명호씨는 정상이 아닌 것 같았다. 도대체 무슨 낙으로 사는 것일까. 어쩌면 명호씨도 성환이 녀석처럼 사전파인 것인가.

어느 날, 마스터베이션에 대한 이야기 끝에 성환이가 불쑥 던진 얘기는 모두를 경악하게 했다. 보다 효과적이고 자극적인 마스터베이션의 방법에 대해 백가쟁명 식의 토론이 벌어지고 있던 중이었다. 신체 건강하고 지적인 호기심이 왕성한 고등학생들은 가끔 그런 생산적인 토론을 하는 법이다. 포르노를 보면서 한다느니, 사진을 보면서 한다느니, 노골적인 사진보다는 살짝 가려진 사진이 더 효과적이라느니, 뭐니 뭐니 해도 야설이 제일 야하다느니, 혹은 크리넥스보다는 수건의 감촉이 더 좋다느니, 두루마리 화장지 속에 있는 원통의 안쪽 면을

부드러운 손수건 같은 걸로 감싸서 하면 좋다느니, 그래도 맨손이 최
고라느니 별의별 얘기들이 다 나왔다. 내내 듣고만 있던 성환이가 한
마디했다.

"난 사전 보면서 했어."

"무슨 사전? 딸딸이 사전도 있냐?"

사선? 사전이라고 하면 수천 페이지에 달하는 분량에 아주 조그마
한 활자로 까만 글씨만 빽빽하게 들어차 있는 책이 아닌가. 혹시 섹스
에 관한 사전이라는 것이 있어서 다양한 체위와 기교를 자세한 사진
을 곁들여서 설명하고 있는지도 모르는 일이었다. 성환이의 대답은
간단했다.

"국어사전."

"야, 이 미친놈아. 국어사전에 뭐가 나온다고 사전 보면서 한다는
거냐."

성환이 녀석이 책벌레라는 것은 다들 알고 있는 사실이었다. 녀석
은 책만 읽었다. 수업 시간에 소설 나부랭이들을 읽다가 선생에게 걸
려서 쥐어터진 적도 여러 차례였다. 그렇게 책만 읽는 녀석이 왜 공부
는 못하는 것인지가 미스터리라면 미스터리였다. 다른 과목은 그렇다
쳐도 적어도 국어라도 잘해야 되는 것 아니겠는가. 그러나 녀석은 국
어에서도 평균을 상회하는 점수를 받은 적이 없었다. 녀석의 대답은
생뚱했다.

"국어사전 보면 남녀 생식기에 대한 단어들이 나와 있잖아. 난 그
걸 보면 자극이 돼."

"어이구, 잘났다. 돈 들 일 없어서 좋겠구나."

아이들은 실로 어이없어 했지만 전혀 이해가 가지 않는 바도 아니
었다. 사실은 나도 국어사전이라는 것을 보면서 제일 먼저 찾아본 단
어가 남녀의 생식기에 대한 것이었으니 말이다. 금기시되어 있는 말
이 버젓하게 활자로 찍혀 있는 것은 묘하게 에로틱한 면이 있다. 하지
만 아무리 그렇다고 해도 정말 사전을 보면서 마스터베이션을 하는
놈이 있으리라는 것은 상상하지도 못한 일이었다.

섹스 비디오

*

　난리가 났다. 이번에는 여가수란다. 학교에서 아이들은 내내 그 이야기뿐이었다. 녀석들이 학교에 와서 하는 일이라곤 어느 사이트에 가면 동영상 파일을 다운받을 수 있는지에 대해서 하루 종일 정보 교환을 하는 것이 전부였다. 영석이가 내 옆자리로 오더니 넌지시 물어보았다.

　"준호야, 너 그거 봤어?"

　"뭐? 그거? 그런 게 뭐 볼 건덕지가 있다고. 나이가 몇인데 아직 그런 거나 보냐."

　영석이의 표정이 조금 일그러졌다.

　"넌 그러면 볼 생각이 없는 거야?"

　나는 목소리를 내리깔았다.

"물론이지. 나는 그런 일 때문에 재작년에 미국으로 도망가버린 여배우 생각하면 마음이 아픈 사람이야. 도대체 왜들 그렇게 남의 사생활에 관심이 많아? 정 보고 싶으면 직접 찍어서 자기 거나 보지 않고 말이지. 입장을 바꾸어놓고 생각해봐. 자기 사생활이 그렇게 적나라하게 온 세상에 퍼지고 세상 사람들 모두 그 동영상을 보고 있다고 생각하면 절로 죽고 싶은 생각이 들지 않겠어? 게다가 볼 때는 눈이 빨개서 열심히 즐기면서 보고, 다 본 다음에는 마구 손가락질하며 욕해대고 말이지. 우리나라 사람들은 도대체 인정머리라고는 손톱만큼도 없는 인간들이야. 그리고 나는 그 가수 팬이야. 팬으로서 스타를 보호해야 하지 않겠어?"

어렵사리 명호씨의 흉내를 내어봤지만 영석이는 내 말에 귀도 기울이지 않고 코웃음을 쳤다.

"자식, 놀고 있네. 내가 어제 그 동영상 파일 구했는데, 네가 안 볼 생각이면 경식이한테나 넘겨야겠다."

나는 몸을 돌리려는 영석이를 붙잡았다.

"에…… 팬으로서 일단 검열은 해야겠다."

영석이는 씨익 웃었다.

"진작 그럴 것이지, 튕기기는. 그러면 이따가 경식이하고 같이 너희 집으로 가마."

"고맙다. 기왕이면 CD만 놓고 너희는 그냥 가면 더 고마울 텐데……"

"뭐야, 저게."

당장 눈이라도 빨려들어갈 것처럼 모니터를 쳐다보던 경식이가 투덜거렸다.

"왜?"

"너무 단조롭잖아. 그리고 저 자식, 미친놈 아냐? 머리에 휴지는 왜 둘러."

경식이 말이 맞았다. 너무 단순해서 아무 재미도 없었다.

"쯧쯧, 테크닉이 저렇게 단조로워서야……"

"이 시점에서는 체위를 바꿔야지, 뭐 하는 거야."

녀석들은 흡사 올림픽 체조의 심사위원이라도 된 듯 채점을 하려 들었다. 마치 티브이에서 전문가들이 해설을 하듯 난이도가 너무 떨어진다느니 카메라의 각도에 문제가 있다느니 하는 식이었다.

"회사에서는 난리라며?"

"무슨 회사?"

"랜이 깔려 있는 모든 회사에서 직원들이 저 파일 다운받으려고 해 대는 통에 서버가 다운되어버린 데가 한두 군데가 아니래. 그래서 어떤 회사에서는 아예 저 파일을 회사 서버에 올려주기도 했다고 신문에 나오더라."

좌우지간 애나 어른이나 모두 미쳤다. 영석이가 지겨워진 듯한 표정으로 나를 보았다.

"재미도 없는데 그만 보자. 준호야, 내가 이 구하기 어려운 걸 보여 줬으니 이제 미공개 파일들 좀 열어봐."

"무슨 미공개 파일?"

"그동안 수집해놓은 것들 있잖아. 뭐, 훌륭한 것 없냐?"

“나, 손 씻었어.”

“손 씻어? 르노리가?”

“이제 더이상 나를 르노리 같은 야릇한 호칭으로 부르지 마. 난 이제 깨끗한 몸이야.”

녀석들이 도무지 믿을 수 없다는 표정을 지었지만 사실이었다. 며칠 전까지만 해도 내 컴퓨터 안에는 엄청난 양의 포르노 파일들이 들어 있었다. 서영이가 왔다 간 날 죄다 지워버렸다. 이제 곧 실전으로 들어갈 텐데 몸과 마음을 깨끗이 해야 한다는 순수한 일념에서였다. 사실 컴퓨터 안에 있는 포르노 파일들을 지워버린 것이 이번이 처음은 아니었다. 파일을 지워버리는 것, 혹은 인터넷의 섹스 사이트를 돌아다니지 말자고 다짐하는 것은 흡사 담배를 끊는 것하고 비슷하다. 이제는 섹스 사이트에 가지 말아야지 하면서도 어쩌다 보면 모니터 안에는 벌거벗은 여자들로 가득하다. 다시는 이런 거 보지 말아야지 하면서 파일들을 다 지워버리더라도 며칠 지나다보면 다시 복구하게 된다. 악순환이었다. 그러나 이번만큼은 조금 다를 것이다.

*

우리 셋이 모두 심드렁한 표정으로 담배를 피우며 건성으로 보는 사이에 동영상 파일이 다 돌아갔다. 경식이가 따분한 얼굴로 중얼거렸다.

“이제는 저런 거 봐도 감동이 안 돼.”

영석이가 한마디했다.

"그래서 고수들은 다 로리타로 귀결된다잖아."

"로리타가 뭐야?"

"인마, 어린 여자애들 말이야. 공부 좀 해라, 공부 좀."

"왜 어린 여자애를 로리타라고 하는데?"

"자식, 너무 많은 걸 알려고 하지 마라."

"자기도 자세히 모르면서. 인마, 서로 무식한 처지에 돕고 살자. 그나저나 이제 나가서 당구나 칠까?"

녀석들이 집으로 온 후 정확히 한 시간 반 만에 비로소 화제가 포르노 외의 것으로 넘어갔다. 그러나 나는 녀석들과 놀아줄 시간이 없었다.

"너희들이나 쳐, 난 그냥 집에 있을래."

"피시방 가서 스타나 할까?"

"그것도 너희들이나 가서 해. 난 약속 있어."

"너, 또 서영이 만나기로 했냐?"

"응."

"너네는 어디까지 갔어?"

"몰라도 돼."

우리가 어디까지 진도가 나갔는지에 대해서는 아무에게도 말하지 않을 작정이다. 조만간 서영이와 섹스를 할 텐데, 진도 얘기를 하다 보면 나중에는 그 얘기까지도 하게 될지 모르는 일이다. 남자가 여자와 잤다고 떠벌리고 다니는 것은 실로 한심한 과시라는 것이 내 생각이다. 만약 서영이와 자고 난 다음이라면 아마 자랑하고 싶어서 입이 근질거릴 것이지만 꾹 참아야 한다. 이런 얘기에 비밀이란 없는 법이다. 명호씨야 소문낼 곳이 없겠지만 영석이나 경식이만 해도 사방에 소문낼 것이고 소문은 돌고 돌아 서영이 부근에까지 이를지도 모르는 일이다. 특히 영석이에게는 조심해야 한다. 자칫하다가는 서영이에게 누가 된다. 남자가 그러면 못쓴다. 남자는 누구와 섹스를 했건 입을 굳게 다물고 있어야 한다. 여자는 괜찮다. 그런 소문이 나서 난감한 입장에 처하게 되는 것은 여자이다. 그럼에도 불구하고 여자가 입을 연다는 것은 각종 불이익을 스스로 감수하겠다는 의미이니 뭐라고 할 수는 없다. 하지만 남자가 나불대는 것은 상대 여자에게 민폐를 끼치는 일에 다름 아니다. 그리고 나는 여자에게 민폐나 끼치는 하찮은 남자가 되고 싶지 않다.

"잘해봐, 인마. 서영이가 너 만나주는 것도 이제 한두 달이야. 걔야 아무 데나 특차로 들어가겠지만 너는 아무리 잘되어봤자 서울 안에 있는 대학에 가든지 아니면 재수나 하고 있을 텐데, 그때 되면 서영이가 너 따위하고 놀아주겠냐."

영석이의 말이 기분 좋게 들리지는 않았지만 사실이었다. 애초에 서영이를 소개시켜준 친구가 영석이었다. 둘은 사촌이었다. 녀석이 서영이를 내게 소개시켜준 의도는 불순한 것이었는지도 모른다. 영석이 말로는 부모가 툭하면 서영이와 자기를 비교한다는 것이었다. 서영이는 여자인데도 공부를 그렇게 잘한다는데 너는 도대체 왜 그 모양이냐.

정도는 다르지만 대부분의 아이들이 그런 비교에 시달리는 것 같았다. 그리고 웬만큼 공부를 잘하는 녀석들이 더 시달리고 있었다. 영석이만 해도 공부를 잘하는 편이었는데도 그런 것으로 스트레스를 받으니 말이다.

대부분의 아이들을 괴롭히는 것은 같은 놈이었다. 바로 '그 집 아이'라는 놈이다. 그 집 아이는 대한민국 학생들의 공적이다. 그 집 아이는 공부 잘한다는데, 그 집 아이는 서울대 갔다는데, 그 집 아이는 상 받았다는데, 그 집 아이는 도무지 부모 속 썩이지 않는다는데, 기타등등 기타등등. 이런 식이다. 다행히 숙경씨는 그런 것으로 내 속을 썩이지는 않았다. 어쩌면 명호씨 덕분인지도 모르는 일이다. 서울대 법대 나와보았자 집에서 놀 수도 있다는 것을 숙경씨는 온몸으로 느끼며 살아가고 있으니 말이다.

서영이는 영석이가 자기 때문에 매우 스트레스를 받는다는 사실을 알고 있었다. 그것이 서영이 잘못은 아니라는 것은 서영이도 알고 영석이도 알고 있다. 그렇지만 서영이는 영석이에게 매우 미안한 마음을 가지고 있었고 영석이는 서영이를 조금 껄끄러워했다. 요컨대 서영이는 그 집 아이 중의 한 명이었고 영석이는 그 집 아이인 서영이가 남자친구를 사귀게 됨으로써 성적도 떨어지고 부모에게 반항하기를 내심 바랐는지도 모르는 일이다. 하필 나를 내세운 것만 봐도 그렇다. 나로 말하자면 정말 말 그대로 얼굴 하나 잘생긴 것 말고는 도무지 아무것도 없는 놈이다. 서영이는 공부도 잘하고 춤도 잘 추고 노래도 잘하고 운동도 잘할뿐더러 성격마저도 좋다. 줄곧 반장을 해왔으며 작년에는 총학생회장도 했다. 그리 미인이라고 할 수는 없지만, 그런 아이가 미인이기까지 하다면 서영이 학교 학생들은 도무지 살맛이 나지 않을 것이다.

여하튼 그렇게 잘난 아이가 나와 사귀는 것이 내 외모 때문이라고 생각해본 적은 없었다. 만약 서영이가 외모 때문에 나를 좋아한다면 나로서는 별로 달갑지 않은 일이다. 그리고 서영이가 자기 친구들 앞에 일부러 나를 데리고 나간다든지 하며 과시했던 적도 없었다. 다만 내 생각에 서영이 같은 아이가 별로 똑똑하지도 못하고 공부도 못하고 책도 읽지 않고 해서 결코 수준 높은 대화의 상대가 될 수 없는 나 같은 녀석과 계속 사귄다는 것이 조금 이상하다는 것이며 내가 그나마 남들보다 괜찮은 것은 외모이니 혹시나 아주 조금은 그럴 여지가 있지 않나 싶다는 것이다.

서영이는 아마 서울대에도 갈 수 있을 것이다. 모의고사 성적도 톱 수준이었고 수능도 그리 못 보지 않았다니 몇 달 뒤면 명호씨에게 선배님, 해댈지도 모르는 일이다. 나는? 에…… 나로 말하자면 대학 같은 데에 별로 가고 싶지 않은 사람이다.

미남계, 일종의

*

"됐어, 완벽하군."

녀석들을 쫓아내듯 보내고 난 후 외출 준비를 하고 거울 앞에서 머리를 쓸어올려보았다. 거울 안에 있는 것은 잘생긴 미청년의 얼굴이었다. 키만 몇 센티 더 컸으면 그야말로 완벽 그 자체일 것이다. 내 키는 170센티미터이다. 그것도 3분 동안 싸워서 쟁취한 것이었다. 지난봄 신체검사에서 내 키를 잰 선생이 169.6이라고 불렀다. 나는 반올림해서 170으로 하자고 읍소를 했고 처음에는 안 된다고 하던 선생은 내가 자리로 돌아가지 않고 계속 버티자 어이없어하면서도 내 뜻대로 해주었다. 키가 특별히 작다고 생각해본 적은 없었다. 다만 서영이를 만난 다음부터는 조금 더 컸으면 좋겠다는 생각이 들었다. 서영이는 167이었다. 분명히 내가 2센티 이상 컸지만 둘이 등을 맞대고 재어볼 때 외에는 서영이가 더 커 보였다. 더도 말고 한 5센티 정도만 더 컸으면 좋겠다. 하지만 이 정도의 얼굴이라면 키는 커버가 되고도 남을 것이다.

"야, 넌 뭘 믿고 그렇게 잘생겼냐."

"넌 공부 안 해도 되겠다. 당장 탤런트 해라."

이런 이야기들을 어릴 때부터 숱하게 들었다. 숙경씨만 해도 툭하면 나보고 연기학원 다니라고 했다. 숙경씨의 숍에 오는 웬만한 연예인들보다 내가 훨씬 낫다는 것이었다. 듣기 싫은 얘기들은 아니지만 내가 이렇게 생기고 싶어서 이렇게 나온 것도 아닌데 왜들 그러는지 모르겠다. 나는 내 얼굴이 잘생겼건 그렇지 않건 별로 관심이 없다. 창수나 경식이가 잘생겨서 내가 그들과 친하게 지내는 것이 아니듯 그들이 나와 친하게 지내는 것 역시 내가 잘생겼기 때문은 아닐 것이다. 내가 지금보다 못한 얼굴로 태어났다고 해서 숙경씨가 내게 밥을 덜 줄 것도 아니고 명호씨가 나를 구박하지도 않을 것이다. 요는 남자의 잘생긴 얼굴이라는 것은 한 군데 외에는 별로 써먹을 만한 곳이 없다는 것이다. 나는 바로 그 한 군데에 이 얼굴을 써먹을 생각이다. 일종의 협박성 미남계라고 할 수 있을 것이다.

*

"좀 생각해봤냐?"

"뭘?"

"지난번에 한 얘기 말야."

서영이는 잠시 탁자로 시선을 내리깔더니 고개를 들고는 내 눈을 똑바로 응시했다.

"너 또 그 얘기야? 지난번에 끝내기로 했잖아."

나는 심각한 표정을 지어 보였다.

"야, 내가 다른 여자하고 자버려도 돼?"

"왜 그걸 나한테 물어봐?"

"여자친구니까 물어보지. 그래도 돼?"

서영이는 곰곰 생각하더니 대답했다.

"기분은 나쁘겠지만, 네가 죽어도 그렇게 하겠다면 어떻게 말리겠어. 껍데기만 보고 그날로 같이 자는 골 빈 여자애들도 많으니 별로 어렵지도 않을 거야. 네 마음대로 해."

마음대로 하라니. 내가 기대했던 대답이 아니었다. 볼멘소리가 튀어나왔다.

"알았어. 그럼 내 마음대로 할게."

서영이는 잠시 후에 말을 이었다.

"단, 너도 내가 누구하고 같이 잠을 자든지 아예 상관하면 안 돼."

"뭐야?"

"그렇잖아. 너는 네 마음대로 다른 여자하고 자겠다는 건데, 나는 왜 내 마음대로 다른 남자하고 못 자?"

"야, 너 그걸 말이라고 해?"

"그럼, 맞는 말이지. 너, 내가 다른 남자친구 만들어서 자면 기분 좋겠어?"

"좋을 리가 있어?"

"나도 마찬가지야. 그런데도 넌 그렇게라도 해야겠다며?"

"그거하고 이거하고 어떻게 같아. 난 새로 여자친구를 만들겠다는 게 아니잖아."

서영이의 목소리도 퉁명스러워졌다.

"똑같은 거야. 정 그렇게 다른 것 같으면, 나도 일회용 남자친구 만들어서 같이 하룻밤만 자면 되지. 그것도 부족하면 자고 나서 돈 주면 되지, 뭐."

할말이 없었다. 그래, 윤서영, 너 똑똑하다. 너 잘났다. 내가 졌다.

"알았어, 알았어. 괜한 생각 하지 않을 테니 너도 그런 얘기는 앞으로 다시는 하지 마."

"만날 그런 장난스러운 얘기나 하고 말이지. 우리도 좀 진지한 대화를 해보자."

내 얘기가 장난스러운 걸로 들리다니, 나는 어느 누구보다도 진지한데 말이다. 저절로 볼멘소리가 나왔다.

"어디까지나 진지하게 생산적인 일을 하자는 거였어."

"준호야, 그 생산적인 일 말고 넌 어떤 데에 관심이 있는데?"

"잘 모르겠어. 아무것에도 끌리지 않아."

"그렇다면 나중에 무얼 하며 살고 싶은데?"

"글쎄……"

딱히 대답할 말이 없었다. 하고 싶은 것이라. 지금으로서는 섹스 말고는 떠오르는 것이 없었지만 서영이에게 그렇게 대답하고 싶지는 않았다. 솔직하게 대답하면 서영이는 정말 나를 아무 생각 없는 녀석으로 여길 것이다. 아니, 지금도 그렇게 여기고 있을지도 모른다. 어쩐지 자존심이 상하는 듯한 느낌이었다. 갑자기 서영이가 멀게 느껴졌다. 나는 입을 다물었다. 서영이도 대답을 채근하지 않았다. 우리는 카페를 나왔다. 밖은 이미 어두워져 있었지만 헤어지기에는 조금 이른 시간이었다. 어색한 분위기가 감돌았다. 내가 먼저 말을 꺼냈다.

"잘 가라."

서영이는 조금도 주저하지 않고 대꾸했다.

"응, 너도."

몇 걸음 걷다가 돌아보았다. 서영이는 뒤도 보지 않고 빠르게 걸어가고 있었다. 이내 서영이의 모습이 사람들 속으로 사라졌다. 서영이 모습이 사라진 후에도 나는 한동안 그 자리에서 꼼짝 않고 서 있었다.

포르노그래피

*

컴퓨터를 켜고 자료 복구 프로그램을 실행시켜 며칠 전에 삭제했던 파일들을 복구했다. 서영이와 생산적인 일을 도모하는 것이 어려워진 바, 몸과 마음을 깨끗이 하면 뭐하겠는가. 취미생활이나 원없이 즐겨야겠다.

지울 때는 한꺼번에 지우니 얼마나 많은 파일들이 있었는지 실감이 나지 않았지만 하나하나 복구하다보니 정말 많은 양이었다. 이 많은 것을 모으는 시간에 공부했으면 서울대에 가고도 남았겠다고 할 사람도 많겠지만, 서울대야 가고 싶은 그 사람이나 가라지. 그렇다고는 해도 막상 다 복구해놓고 보니 어쩐지 우습다는 생각이 들었다. 곧 스물이 될 텐데 아직까지 이런 것들이나 보고 앉아 있어야겠는가. 남들은 몇 달 동안 보고 나면 지겨워져서 들여다보지 않게 된다는데 나는 몇 년째 지치지도 않고 끝없이 파일을 모으고 그러다가 가끔 지우고 또 결국에는 복구하는 과정을 되풀이하고 있는 것이 한심스럽게 여겨졌다. 하지만 또다시 죄다 지워버리기에는 아까운 생각이 들었다.

이 자료들이야말로 살아 있는 교재였다. 나는 섹스에 대해 궁금한 모든 것을 인터넷으로부터 배운 셈이었다. 교과서에는 생식기 내부 그림만 있다. 그러나 정작 궁금한 것은 생식기 외부의 모양이다. 교과서에 군이 생식기 내부 그림만 있는 것은 아마도 외부가 어떻게 생겼는지에 대해서는 각자 알아서 연구하고 학습해보라는 의미일 것이다. 일종의 심화학습인 셈인데, 인터넷에 있는 수많은 섹스 사이트들은 심화학습 자료들의 보고였다.

한동안은 정말 파일들 모으는 낙으로 살았다. 그러고 보면 하루의 대부분을 섹스에 대한 생각으로 보낸 날들이 참 많았다. 십대에 생기게 마련인 성에 대한 왕성한 호기심을 운동 같은 것으로 발산하라고? 운동 백날 한다고 성욕이 사라진다면, 운동선수들은 다 고자란 말인가. 스님들이나 신부님들 되는 과정을 죄다 스포츠로 채워넣으면 적어도 성적인 부분에서는 다 해결될 것이다. 그러나 여태까지 운동 열심히 해서 성욕이 사라졌다는 선수들을 보지 못했고 성직자들이 성적인 문제를 해결하기 위해 기도나 수도 대신 스포츠에 정진했다는 얘기도 들어보지 못했다.

나는 스님과 신부님을 존경한다. 그 양반들은 성직자라는 말이 어울리는 사람들이다. 도대체 어떻게 남자로 태어나서 성욕을 억제하며 살 수 있다는 말인가. 나로서는 있을 수 없는 일이다. 같은 이유로 목사나 대처승은 별로 성직자처럼 보이지 않는다. 선생들은 툭하면 할 거 다 하면서 무슨 공부를 하느냐고 호통을 치곤 했다. 마찬가지로 할 거 다 하면서 무슨 성직을 수행하겠는가.

섹스에 대해 우리가 알고 싶어하는 것들은 많았지만 가르쳐주는 사람은 없었다. 그래도 뜻이 있는 곳에는 길이 있게 마련이다. 아무도 가르쳐주지 않는다면 스스로 공부하면 되는 일이다. 그리고 혼자서 연구하는 것보다 집단적으로 연구하는 것이 연구 속도도 빠르고 결실도 풍성하다. 게다가 연구 집단 내에 뛰어난 연구자가 한 사람만 있어도 성과는 배가되게 마련이다. 우리는 누가 시키지도 않았는데 스스로 연구 집단을 결성했고 연구의 성과를 어느 한 사람이 결코 배타적으로 독점하지도 않았다. 좋은 파일이 있으면 서로 나누었고 좋은 사이트를 발견하면 서로 알려주었다. 이 모든 것을 가능하게 해준 것은 인터넷이었다.

캠퍼스 커플, 화장실 몰카, 신혼부부 몰카, 작약도 모텔, 지하철 몰카, 두 여자와 한 남자, 기타 등등…… 파일 이름들을 보니 매우 고민스러워졌다. 이 많은 파일들을 모으느라 고생한 지난 시절이 주마등처럼 스쳐지나갔다. 그냥 남겨만 놓을까. 아니, 이번에야말로 복구의 여지를 두지 말고 완전히 삭제해버리고 다시는 이런 것들을 보지 말까. 어차피 언젠가는 또 복구하거나 아니면 다시 모으게 될 텐데 괜히 다 삭제해버리고 나서 나중에 또 후회하지 말고 그냥 두고두고 계속 볼까. 갑자기 삼촌 생각이 났다. 명호씨에게나 넘겨버릴까. 버리지도 못하고 남기지도 못할 바에는 차라리 그게 나을 것 같았다.

*

명호씨의 방으로 갔다. 명호씨는 또 인터넷 바둑을 두고 있었다.

"삼촌, 내가 그동안 수집해놓았던 자료들을 다 지워버릴 생각인데 지우기 전에 CD로 구워서 삼촌 줄까?"

"무슨 자료들인데?"

"에이, 뭐긴 뭐겠어. 인터넷 돌아다니면서 다운받은 포르노물들이지."

"포르노? 허, 참…… 집에서 마음 놓고 포르노물을 구할 수 있다니, 정말 세상 많이 좋아졌어."

"왜, 또 설교하려고? 지금은 별로 설교 듣고 싶은 기분이 아니니 받을 건지 말 건지만 말해줬으면 좋겠어. 지우자니 아깝고 남기자니 한심해서 그래."

"설교하려는 게 아니라, 잠깐만……"

명호씨는 인터넷 접속을 끊고는 씨익 웃었다.

"포르노물이야 나도 중학교 때부터 봤으니 뭐라고 할 것도 없다만 좀 억울한 생각이 들기는 한다. 우리 때에는 싸구려 종이에 인쇄된 수준 낮은 도색 만화나 쌕쌕이 테이프를 돌리는 게 고작이었거든. 포르노 비디오테이프를 구하는 것은 정말 쉽지 않은 일이었지. 서울 애들은 조금 달랐을지도 모르겠다."

"쌕쌕이 테이프? 그게 뭐야?"

"네가 다운받은 동영상 파일들이 영상 자료라면 쌕쌕이 테이프는 음성 자료라고 할 수 있지. 신음 소리를 녹음한 테이프야."

"아니, 그냥 끙끙거리는 소리만 나오고 마는 거 아냐. 그런 게 뭐가 야하다고 돌려 듣기까지 하고 그래?"

"얼마나 야한데. 그것도 없어서 못 듣지. 그나마 늦게 듣는 놈들은 앞에서 하도 들어대는 통에 테이프가 늘어지거나 해서 제대로 듣지 못하고 억울해하기도 했어."

"삼촌, 그만해. 마치 보릿고개 얘기하는 거 같아서 불쌍해 보여. 그렇게 불우한 시절을 보냈다니 눈물이 나오려고 해."

"그나저나 너, 포르노가 무슨 뜻인지는 아냐?"

"포르노가 포르노지 뜻은 무슨 뜻이 있어."

"무식한 놈. 사전 찾아봐라."

"시험도 끝났는데 사전은 무슨 사전이야. 그냥 삼촌이 말해."

"찾기 싫으면 관두렴."

"아냐, 찾아보지 뭐. 근데……"

영한사전을 펴들고는 명호씨를 쳐다보았다.

"응?"

"포르노가 p로 시작하는 거 맞지?"

명호씨는 혀를 찼다.

"에라, 이 무식한 놈아. 만날 포르노 사이트 들락거리면서 그것도 헷갈리냐? 피, 오, 알, 엔, 오, 디."

"어허, 이거 왜 이러셔. 익숙한 단어일수록 가끔 헷갈리는 법이야. 그리고 배우는 사람은 묻는 것을 부끄러워하지 말아야 하고, 가르치는 사람은 잘난 체하지 말아야 한다며?"

"너는 말하는 걸 보면 머리는 나쁘지 않은 것도 같은데 왜 그렇게 무식하냐."

"말하는 걸 어떻게 봐? 말은 듣는 거야. 아니다. 말 하는 걸 볼 수도 있겠네. 그러려면 암말, 수말이 다 있어야 되겠다."

명호씨는 다시 혀를 찼다.

"쯔, 그걸 유머라고 하고 있냐? 교정해야 될 건 무식함만이 아니구나. 유머 학교라도 있으면 보내주고 싶어지네."

"아, 여기 있다. 포르노, 포르노그래피. 도색의, 뭐 그런 뜻이네. 근데 이건 왜?"

"포르노라는 말은 고대 그리스어의 포르네(porne-)에서 파생된 거야. 포르네(porne-)라는 것은 창녀를 의미하는데 그것도 특히 오직 최하층의 창녀를 의미해. 주로 전쟁터에서 포로로 끌려온 여자들이지. 노예까지 포함해서도 여자 중에 가장 보호받지 못하는 존재들이야. 말 그대로 명백한 성적인 노예라고 할 수 있지. 그리고 그래피는 글쓰기, 그리기의 뜻이니 이걸 합쳐보면 포르노그래피라는 것은 간단히 말해서 섹스에 관해 묘사하기 정도의 뜻이겠지. 곧 여자를 아주 천한 창녀로서 생생하게 묘사하는 거야. 고대 그리스에서 모든 창녀가 다 천하게 여겨진 것은 아니야. 고급 창녀들은 지적 수준도 높았고 문화적인 교양도 있었고 아무 남자하고나 상대하지도 않았어. 단지 포르네이아(porneia)만이 그렇게 취급된 거지. 말하자면 포르노라는 것은 남자의 관점으로, 그것도 아주 폭력적이고 억압적인 방식으로 여자를 가장 천한 노리개로 삼는 것을 묘사하는 거야."

"뭐가 그렇게 복잡하고 어려워. 그래서 뭐가 문제인데?"

"어려울 거 없어. 만약 누가 너를 벌거벗기고 네 성기를 맘대로 늘

였다 줄였다 장난치고 발기시켜서 희롱하고 나뭇가지 같은 걸로 툭툭
건드리면 기분 좋겠어?”

“예쁜 여자가 해준다면 좋겠지만, 흠……”

“포르노가 정신 건강에 좋지 않다는 얘기를 하는 거야. 그렇지 않
아도 언제 한번 너한테 얘기하려고 했는데 이제라도 다 지운다니 다
행이네.”

“삼촌, 그러면 포르노는 무조건 보면 안 된다는 거야? 성인이 되어
서도?”

“글쎄, 그건 어려운 문제야. 표현의 자유를 생각하면 포르노를 만
들면 안 된다고만 할 수도 없을 것 같고. 뭐, 어쨌든 포르노의 사회정
치적 의미는 논외로 치더라도 하여튼 성장기에 포르노에 탐닉해서 좋
을 건 없지. 우리나라 청소년들의 머릿속에 처음 각인되는 여자의 몸
이라는 것이 금발에 글래머라는 것도 좀 웃기는 얘기고. 외국 여자들
의 벌거벗은 사진을 보다보니 막상 우리나라 여자들의 몸이 빈약하
게 느껴지는 거지. 이것도 문제야. 그렇다고 국산 포르노를 장려할 수
도 없는 노릇이고…… 그리고 사실 어른들에게도 포르노가 좋을 리
는 없을 거야. 생각해봐라. 포르노를 보면 여자들이 사무실에 있는 모
습이 나온 후 곧바로 나체가 나와. 여자들은 언제나 준비가 되어 있는
거야. 그리고 거기 나오는 여자들은 대개 완벽한 몸매와 미모를 지니
고 있지. 언제나 남자가 상황을 지배하고 폭력과 강제성을 띤 환상을
제시해. 무슨 얘기냐면 전혀 보편적이지 않은 상상만을 하게 만든다
는 거야. 예컨대 포르노를 보며 자위를 한다고 하자. 그러면 자위하는
동안 성적인 상상을 하는데 이 가상의 실체가 오히려 현실의 실체보

다도 더 생생하거든. 그리고 가상 속에 나오는 여자들은 어떤 자기 의지도 갖지 않은 존재들이고. 하지만 실제로 존재하는 여자와 만나서 실제로 섹스를 할 경우에 그런 상상들은 절대로 현실로 펼쳐지지 않거든. 그러니 괴리가 생기게 될 수밖에 없는 거지. 심하면 나중에 실제의 성생활에 적응을 못 할 수도 있어.”

좋은 얘기들은 왜 언제나 지루한 법인지 모르겠다. 나는 명호씨가 계속 얘기하려는 것을 제지했다.

“어, 골치 아픈 얘기는 그만해. 그래서 어쩌겠다는 거야? 결론만 말해. 받을 거야, 말 거야? 삼촌은 포르노에 대해 그렇게 아는 게 많으니 뭐, 안 봐도 되겠네. 괜히 실제하고 괴리가 생기면 곤란하다고 했지? 그럼 그냥 다 지워버려야겠다.”

일어서서 나오는데 등 뒤로 명호씨가 던진 한마디가 화살처럼 날아왔다.

“줘.”

얼굴

*

"영화나 보러 갈까?"

내 침대 위에서 뒹굴고 있던 경식이가 말했다.

"시커먼 남자 셋이 영화는 무슨 영화야."

내 침대 밑 방바닥에서 뒹굴대던 영석이가 대꾸했다.

요즘 내 방은 녀석들의 아지트가 되어버렸다. 녀석들은 갈 데가 없다는 핑계로 툭하면 우리 집에 와서 밤늦게까지 죽치다 가곤 했고 가끔은 자고 가기도 했다. 내가 있을 때만 오는 것도 아니었다. 내가 집에 없더라도 올 때까지 기다리겠다며 전혀 개의치 않고 당당하게 들어와서 자기들 마음대로 티브이도 보고 비디오도 보고 인터넷 게임도 하며 노닥거리곤 한다. 그러다가 배가 고파지면 명호씨가 챙겨주겠다는 것도 마다하고 자기들이 알아서 라면을 끓여먹고 명호씨의 라면까지 끓여서 갖다 바친다. 먹은 후에 설거지까지 다 해놓는 걸 보면 넉살이 좋다고 해야 될지 기특하다고 해야 될지 모를 정도이다. 막상 내가 집에 들어오더라도 녀석들은 별로 반가운 기색이 아니었다. 그들의 목적은 오로지 자기들의 부모가 없는, 그리고 돈 들이지 않고 놀 수 있는 공간이었고 내 방은 녀석들에게 최적의 장소였다. 공짜 비디오방이자 공짜 게임방이자 공짜 여관이기까지 했으니 말이다.

"나가서 술이나 마실래?"

"됐다. 어제 마신 술도 아직 안 깼어."

"그럼 좀더 있다가 나이트나 갈까?"

"그것도 힘들어서 싫어."

"야, 아예 여행이나 갈까?"

"어디로?"

"바다나 보러 가든지 아니면 설악산이나 스키장 같은 데 가서 며칠 놀다 오면 좋잖아. 시험 끝난 여자애들도 많이들 갈 텐데 가서 조인트 하면 재미있잖아."

"아직은 학교에 가야 되잖아. 그리고 며칠씩이나 어디 갔다 오는 것은 너무 귀찮아."

"그래, 어디 가는 것도 귀찮긴 하다. 에이. 수능도 끝났는데 뭐 이렇게 할 일이 없냐."

"그러게."

매일 학교에 가긴 했지만 하교하는 시간은 정오도 되기 전이었다. 아침 기운이 남아 있는 해를 보며 교문을 내려오면 갈 곳이 없었다. 몰려다니며 술 마시는 것도 시들해진 지 오래였다. 그저 집에서 리모

컨으로 티브이 채널 돌리는 것이 그나마 제일 덜 질리는 일이었다.

나도 녀석들의 대화에 끼어들었다.

"너희들, 집에 안 가냐? 빨리 좀 가라."

"야, 인마. 대낮에 집에 가봤자 뭐 해."

"집에 가도 어차피 텔레비전 켜놓고 뒹굴거리면서 몸이나 꼬고 있을 텐데 같이 꼬면 좀 덜하잖아. 우리가 있다고 해서 네 방이 닳아 없어지지는 않을 테니 걱정 마라."

"덜하긴 뭐가 덜해. 너희들이랑 같이 있으니 시너지 효과가 팍팍 생겨서 더 지겹다."

"너 서영이 만나려고 그러냐? 그럼 서영이도 이리로 오라고 해."

"아냐."

"아니긴 뭐가 아니야. 그런데 니들은 어디까지 갔냐?"

"가긴 어딜 가."

녀석들은 드디어 덜 심심할 수 있는 건수를 발견한 듯 눈을 빛내며 일어나 앉았다.

"혼자만 고민하지 말고 상담을 해라, 상담을. 형님이 그쪽 상담에 대해서는 전문가 아니겠냐."

"놀고 있네. 돈 들여서 미아리 가는 전문가 누가 못 하냐. 여하튼 우리는 눈처럼 깨끗한 순백의 사이야. 괜한 상상 하지들 마."

"야, 너는 서영이가 어디가 그렇게 좋냐?"

"왜? 그만하면 준수하잖아."

"솔직히 말해서 걔가 특별히 예쁜 것도 아니고 몸매가 죽여주는 것도 아니잖아. 별로 애교스럽지도 않고 말이지. 게다가 아는 것은 많아서 무슨 말을 해도 지려고 들지도 않고. 영 피곤한 스타일 아니냐?"

"인마, 네 사촌을 꼭 그렇게 말해야 돼?"

경식이가 거들고 나섰다. 물론 나를 거든 것이 아니라 영석이를 거든 것이었다.

"야, 서영이가 예쁜 얼굴은 아닌 건 맞잖아. 그리고 걔는 되게 공부 잘한다며? 네가 뭘 잘 몰라서 그러는데 똑똑한 여자는 피곤한 법이야. 여자는 그저 얼굴 예쁘고 몸매 좋으면 그게 최고지. 이래서 여자와 자보지 않은 놈은 여자를 볼 줄 모른다니까."

"놀고 있네."

뭘 잘 모르는 것은 내가 아니라 녀석들이었다. 남자와 여자 모두 배우 뺨치는 외모를 자랑하는 미남, 미녀 커플을 찾기란 쉽지 않다. 여자가 빼어난 미인이면 남자 인물이 보통이고 남자가 탁월한 미남이면 여자 얼굴이 보통인 경우가 대부분이다. 왜냐하면 상식적인 미남, 미녀라면 자기 얼굴이 좀 잘났다고 주변에서 떠들어대더라도 자기 자신을 곰곰 반추해보면 자기가 그리 잘난 사람이 아니라는 것을 알게 되고, 따라서 외모라는 것이 사실은 별것 아니라는 것을 깨닫게 되기 때문이다. 간혹 보게 되는 미남, 미녀 커플이란 아마 적어도 둘 중 한 명 이상이 매우 인간성이 좋거나 혹은 적어도 둘 중 한 명 이상이 골 빈 사람일 것이다.

사람을 얼굴로 평가하는 것이 얼마나 웃기는 일인지 녀석들은 모르고 있다. 내가 나온 중학교는 남녀공학이었다. 중학교 3년 동안 여자들 때문에 내가 얼마나 피곤했는지 녀석들은 모른다. 하루가 멀다 하고 편지며 선물이 쏟아져들어왔다. 문제는 그 편지 속에 있는 나는 내가 아니었다는 것이다. 왠지 고독해 보인다고? 우수가 깃들인 얼굴이라고? 마치 꿈꾸는 듯한 눈빛이라고? 뭔가 심오한 사색을 하는 듯한 표정이라고? 편지를 보낸 여자아이들은 내 얼굴 가지고 제멋대로 상상해서는 자기들 마음대로 이미지를 만들어서 나를 그 속에 집어넣었다. 나는 고독하지도 않았고 우수에 물들어 있지도 않았으며 수업시간이면 졸음 가득한 눈빛을 종종 보이기는 했지만 뭔가 꿈꾸는 듯한 눈빛 따위는 가져본 적이 없었고 사색이라고는 시험을 보거나 성적표가 나오는 날에 사색이 되는 정도밖에 없는 평범한 아이였는데 말이다. 서영이가 마음에 드는 것은 바로 그 지점이었다. 오죽하면 너말고도 내게 껌벅 죽는 여자들은 쌔고 쌨다는 암시를 넣은 협박성 미남계가 실패했겠는가.

그리고 남자가 꼭 더 잘나야 한다는 법이라도 있는가. 여자가 능력 있고 똑똑하면 좋은 일이지 왜 그걸 깎아내리지 못해 안달하는지 모르겠다. 당장 나만 하더라도 숙경씨의 기술과 수완 덕분에 먹고살고 있다. 그리고 똑똑하고 잘나기로 둘째가라면 서러워할 명호씨를 먹여 살리고 있는 것도 숙경씨이다.

"남의 여자친구에게 쓸데없는 관심 기울이지 마라. 그리고 만날 심심하다고 투덜거리지만 말고 너희들도 여자친구라도 만들어봐."

"인마, 그게 어디 마음대로 되냐. 수능 끝나고 소개팅한 것만도 열 번은 되겠다. 맘에 드는 애 한번 만나기가 왜 그렇게 어렵나 몰라. 어제도 번개 나갔는데 나가보니 폭탄이라 30분도 안 되어서 도망쳐 나왔다."

"폭탄? 누가 누구보고 폭탄이라는 거야. 거울을 보고 깊이 반성한 다음에 눈을 낮춰."

"반성이건 뭐건, 이제는 여자 만나는 것도 지겨워."

영석이 말대로 모든 것이 지겨운 것도 사실이었다. 우리는 고등학생이었지만 고등학생이 아니었다. 그렇다고 폼나는 대학생도 아니었고 공부해야 하는 재수생도 아니었으며 일을 해야 하는 직장인도 아니었다. 학교에서는 더이상 가르칠 것이 없다며 등교하자마자 다시 돌려보냈다. 거리로 나서면 갈 곳은 없었다. 아무것도 아닌 채로 아무것도 하지 않으면서 보내야 하는 유예기간이란 지겨운 것이었다. 우리는 갑자기 쏟아진 시간을 주체할 수 없었다. 매일 시간에 파묻혀서 버둥거렸다. 하루가 너무 길었다. 아무리 노닥거려도 시간은 탄성을 잃어버린 고무줄처럼 잔뜩 늘어지기만 한 채 좀처럼 흘러가지 않았다.

*

"야, 쟤네들 어떠냐?"

경식이가 턱끝으로 가리키는 곳을 따라가보니 여자 셋이 술을 마시고 있었다. 염색한 머리며 짙은 화장이며 조금은 어색해 보이는 정장이 대학생 같아 보이지는 않았다. 영석이가 그쪽을 한참 동안 쳐다보더니 말했다.

"괜찮은데……"

"합석하자고 할까?"

"우리보다 나이 많아 보이는데?"

"아냐 아냐, 기껏해야 동갑이든지 그 아래야."

경식이는 우리 중에서 유일하게 가출 경험이 있었다. 작년에 녀석은 한 달 동안 학교에 나오지 않았다. 녀석은 한 달 중 보름은 주유소에서 기름을 넣었고 보름은 삐끼 노릇을 했다고 했다. 경식이는 학교로 돌아와서는 마음을 잡아서 돌아온 거라고 큰소리를 쳤지만 내 생각은 조금 달랐다. 모르긴 해도 녀석은 그 얼굴로 삐끼를 한 덕분에 도무지 손님을 끌지 못해서 보름도 안 되어 짤렸을 것이고 다른 어느 업소에서도 녀석을 삐끼로 받아주지 않았을 것이다. 내가 이렇게 말하면 녀석은 절대로 아니라고 부인하곤 했다. 녀석은 툭하면 그때 얘기를 하면서 자기가 그 당시에 얼마나 잘나갔는지에 대해서 떠들어댔다. 잘나갔다 함은 대여섯 명의 여자와 날이면 날마다 화끈한 밤을 보냈다는 것인데, 내 생각으로는 그것도 아마 80퍼센트는 뻥일 것이다. 나머지 20퍼센트로 유추해보면 고작해야 한 여자와 하룻밤을 보낸 정도일 것이다. 그렇기는 해도 그쪽 세계에 관한 한 우리 중에서는 경식이가 일인자였다. 나는 모처럼 능력이 있다는 것을 과시하려고 자리에서 일어나려는 일인자를 제지했다.

"합석해서 뭐 하게."

"뭐 하긴 꼬셔야지."

"꼬셔서 뭐 하게."

"뭐 하긴. 같이 놀다가 잘하면 같이 나이트도 갈 수 있고 또 잘하면 같이 잘 수도 있잖아."

"난 싫어. 그냥 우리끼리 마시자."

"뭐야. 쟤들 지금 꼬셔달라는 표정으로 앉아 있는데."

녀석은 김이 샜다는 표정으로 다시 자리에 앉았고 영석이는 여자들 있는 쪽을 바라보면서 물었다.

"너, 서영이 때문에 그래? 걱정 마. 얘기 안 할 테니까."

"여하튼 싫어."

경식이도 한마디했다.

"네가 서영이한테 안달하는 것도 다 동정이기 때문에 그런 거야, 인마. 여자를 알고 나면 여유가 생기게 되는 거고 남자한테 여유가 생기면 그때부터 여자가 안달하게 되는 거야."

"아, 됐다니까. 나를 시험에 들지 말게 해다오. 정 그렇게 쟤들하고 같이 놀고 싶으면 나 먼저 갈 테니 너희들이나 잘해보서. 간다. 내일 보자."

나는 다소 신경질적인 반응을 보이면서 자리에서 일어나 술집을 나왔다. 이젠 여자도 지겹다고 했던 녀석들이 갑자기 여자가 다 뭐람. 녀석들 말대로 잘되어서 정말 같이 자게 되는 상황이 벌어지면 나는 이러지도 저러지도 못할 테고 내 머리는 터져버릴 것이다. 차라리 아예 시작도 하지 않는 것이 나은 일이다. 담배를 빼어물고 불을 붙이는데 녀석들이 이내 따라나왔다. 그러면 그렇지. 자식들, 의리는 있군.

경식이가 투덜거렸다.

"멍석을 깔아줘도 싫다고 하는 놈을 친구로 둔 게 잘못이지."

어쩌면 경식이 말이 맞을지도 모른다. 서영이가 나를 만만하게 보는 것은 내가 어려 보이기 때문일 것이고 여자를 경험하게 되면 조금 어른스러워질지도 모르겠다. 그렇다고는 해도 녀석들이 하자는 대로

한다면 아무래도 서영이를 대할 때 찜찜할 것이고 나는 찜찜한 것은
딱 질색이다.

영석이가 시계를 보더니 난데없이 비명을 질렀다.

"으악, 그렇게 놀았는데도 아직 아홉시도 안 됐어. 이거 정말 미치
겠다."

바다

*

“와! 바다다.”

서영이가 탄성을 질렀고 그 소리에 잠이 깼다. 차창 밖으로 바다가 보였다. 나도 모르게 덩달아 소리쳤다.

“야! 바다구나.”

서영이와 함께 바다를 보고 있다고 생각하니 기분이 좋았다. 이제 차에서 내려서 서영이의 어깨에 손을 얹고 단둘이 바다를 바라보며 뭔가 새로운 희망을 속삭인 후에 사람들 눈을 피해서 가벼운 키스를 하고, 그러고는 어디 깔끔하고 단출한 숙박업소라도 가서 깊은 키스를 하고 뒤이어 뭔가를 더 하게 되면 얼마나 좋겠는가마는, 때마침 옆에서 자던 영석이와 경식이도 잠에서 깨어나서는 소리를 질렀다.

“야! 바다다, 바다.”

나는 점잖게 녀석들을 타일렀다.

"자식들, 바다 처음 보냐. 그리고 바다가 어디로 도망이라도 가나. 촌스럽게 소리는 왜 지르고 야단이야."

"이제 다 일어났구나."

한마디 한 사람은 운전을 하고 있는 명호씨였다. 젠장, 감시자가 셋이나 있는데 키스는 무슨 키스며 단출한 숙박업소란 무슨 단출한 숙박업소겠는가. 나는 입맛을 다셨다.

어젯밤에 여느 때처럼 영석이, 경식이와 내 방에서 노닥거리고 있는데 명호씨가 들어왔다.

"너희들, 수능도 끝났는데 매일 이렇게 시시하게 방에 처박혀 있기만 하냐?"

"네? 뭐, 그렇지요. 헤헤, 이게 제일 좋아요."

"맞아, 삼촌. 갈 데도 없고 돈도 없어. 방구석이 제일 편해."

명호씨는 혀를 찼다.

"그러면 일출이나 보러 갈까?"

"언제요?"

"내일 새벽에."

"어디로 가는데요?"

"정동진이나 가볼까?"

"에이, 언제 거기까지 가요."

"새벽에 가면 몇 시간 안 걸려. 네 시간이면 충분히 갈 거야. 너희는 차 안에서 자면 되지. 새벽 두시쯤에 출발하면 넉넉할 거야. 일출만 보고 올 테니, 갔다가 오면 고작해야 열두시겠다. 너희들 핑계로 나도 바닷바람 한번 쐬어보자는 거지."

"와, 그럼 가요."

경식이가 대뜸 찬성하고 나섰다.

"삼촌 운전 실력을 믿어도 돼?"

비록 명호씨가 면허를 딴 이후 한 번도 사고를 낸 적이 없다지만 그것은 명호씨가 워낙 운전하고 어딜 다니는 적이 없기 때문이었다. 말하자면 초보 중에서도 왕초보 운전자일 텐데 아무래도 불안했다.

"정동진쯤은 가볍게 갔다 올 수 있을 정도야 되지. 그리고 설령 뭔가 잘못되더라도 나는 너희들보다 오래 살았잖니. 나야 뭐 별로 아쉬울 건 없어."

명호씨야 아쉬울 게 없을지도 모르지만 나는 아쉬울 게 하나 있었다. 이 상태로라면 만약에 사고가 나서 불귀의 객이 된다고 하더라도 구천을 떠도는 총각귀신이나 되지 않겠는가. 그러나 영석이와 경식이는 벌써부터 눈앞에 동해의 일출이라도 보이는 듯 들떠 있었고 나만 가지 않겠다고 할 수는 없는 노릇이었다. 명호씨는 나를 한번 보더니 씨익 웃으며 말했다.

"서영이도 부르지그래?"

아무래도 사촌이 말하는 것이 나을 거라며 영석이가 서영이에게 전화했고 서영이는 기꺼이 같이 가겠다고 했다. 내가 같이 가자고 할 때는 들은 척도 하지 않더니 아마 명호씨가 간다니까 대뜸 가겠다고 했을 것이다. 영 못마땅해서 입맛을 다셔봤지만 그래도 서영이가 같이 가는 것이 낫기는 했다. 남자들끼리라면 무슨 맛으로 바다를 보겠으며 떠오르는 태양을 보겠는가. 그런 것은 모름지기 여자와 다정한 모습으로 나란히 서서 봐야 하는 것이다. 그리고 설령 초보운전자인 명호씨 때문에 무슨 일이 생기더라도 나중에 구천을 떠돌 때 서영이와 같이 떠돌면 아무래도 조금은 낫지 않겠는가.

*

자동차는 해안도로를 달리고 있는 중이었다. 왼쪽 차창 너머로 시퍼런 동해바다가 두 눈 가득 시원하게 들어왔다. 해는 아직 떠오르기 전이었다. 명호씨는 정동진 주차장에 차를 세웠다. 경식이와 영석이는 차가 멈추자마자 자동차 문을 열고는 모래사장으로 뛰어갔다. 명호씨가 차에서 내리면서 중얼거렸다.

"변해도 뭐 이렇게 많이 변했나. 7, 8년 전에 왔을 때에는 정말 아무것도 없는 조용한 어촌 마을이었는데, 이건 꼭 서울 유흥가 한복판 같구나."

주위를 둘러보니 명호씨의 말마따나 온통 숙박업소에 음식점 들뿐이었다. 서영이도 옆에 있는데 이 많은 숙박업소를 두고 바다만 달랑 보고 다시 서울로 가야 하는 것이 아쉬울 따름이었다.

"야, 뭐 해. 빨리 가보자."

서영이가 채근했다. 바다 끝 수평선이 불그스름하게 물들고 있었다. 이제 막 해가 솟아오르기 직전이었다. 서둘러 바닷가로 나갔다. 겨울 아침의 바닷바람은 차가웠지만 뺨을 때리고 가는 바람이 시원하게 느껴졌다. 평일이었는데도 정동진의 바닷가에는 수많은 사람들이 있었다. 단체로 오는 사람들도 많았다. 버스가 한 대 주차장에 세워질 때마다 사람들이 쏟아져 나왔다.

하얀 포말이 넘실대며 발아래까지 밀려오고 있었다. 경식이는 이미 무릎까지 바닷물에 젖어 있었다. 녀석은 혼자 젖기 억울했는지 물귀신처럼 우리를 끌고 들어가려 했다.

“인마, 가만히 좀 있어봐. 일출이나 제대로 보자.”

일렬로 늘어서서 수평선의 불그스름한 언저리를 바라보고 있는데 어느 순간 갑자기 새빨간 해가 둥실 떠올랐다.

“우와! 해다.”

경식이가 탄성을 질렀다. 기회를 놓칠세라 나도 대뜸 한마디했다.

“자식, 해 처음 보냐. 그리고 해가 어디 도망이라도 가냐. 소리는 왜 지르고 난리야.”

옆에서 서영이도 탄성을 질렀다.

“이야! 해다, 해. 정말 멋지다.”

하긴, 붉은 태양이 바다 위로 떠오르는 광경이 장관이기는 했다.

“그래, 정말 멋지군.”

경식이가 투덜거렸다.

“이 자식이, 서영이가 말할 땐 아무 말도 안 하면서 왜 나한테만 뭐라 그러는 거야.”

“너하고 서영이하고 같냐.”

물끄러미 해를 바라보던 서영이가 중얼거렸다.

“정말 소혀처로 생겼구나.”

“뭐라고?”

"왜, 의유당 김씨 「동명일기」에 일출 장면 묘사하면서 소혀처로 드리워져 풍덩 빠지고, 하는 대목이 나오잖아. 나는 소혀처로가 무슨 뜻인지 생각하느라 밤을 샜거든. 처로는 처럼의 고어이니 소혀처럼이라는 뜻인데, 소혀라는 것이 대체 무엇인지 알 수 없어서 사전을 찾아봐도 안 나오고 말이야. 결국 다음날 선생님께 여쭈어봤는데 선생님은 뭐, 이런 바보가 다 있나 하는 표정으로 나를 한참 동안 쳐다보더니 소 혓바닥이라고 대답해주시더라. 얼마나 창피했던지. 소혀, 라고 붙어 있어서였는지 설마 소 혓바닥일 거라고는 생각도 하지 못했거든. 그 생각이 갑자기 나서 그래. 근데 지금 보니 저렇게 해가 바다에서 떨어지기 직전에 매달려 있는 부분을 소혀처로라고 표현했던 거구나. 빨갛게 늘어지면서 뭔가 점액질의 느낌을 주는 표현이네. 멋진 표현이다."

의유당 김씨? 동명일기? 고전문학에 그런 것도 있었던가? 분명한 것은 서영이가 소 혓바닥을 몰라서 선생에게 질문했다는 사실이다. 이런 기회를 놓치면 안 된다. 나는 서영이를 바라보며 힘주어 말했다.

"무식한 것 같으니."

아무 말 없이 간혹 혼자 싱긋 웃으며 먼 바다를 쳐다보던 명호씨가 불쑥 끼어들었다.

"좋은 구경 하면서 투닥거리지 말고, 너희들, 소원이라도 빌어보지 그래."

서영이, 영석이, 경식이의 소원은 엇비슷할 것이다. 수능 점수가 생각보다 30점만 더 나오게 해주소서. 아니, 서영이는 그랬다가는 만점

받고도 남을지 모르니 15점만 더 나오게 해달라고 소원을 빌었을 것이다. 그런 식이라면 경식이는 한 150점쯤 더 나오게 해달라고 빌어야 될 것이다. 명호씨는 무슨 소원을 빌까. 빨리 결혼할 수 있게 해달라는 소원일까. 아니, 그것보다는 세상의 모든 책을 다 읽고 죽을 수 있게 해달라고 빌 가능성이 더 높을 것이다. 바슐라르인지 누구인지가 천국은 책으로 가득 메워져 있는 도서관 같은 곳이라고 얘기했다며 자기도 그렇게 생각한다고 했으니 말이다. 세상에는 이상한 사람들도 참 많다. 천국이 그런 곳이라면, 지옥은? 책이라고는 하나도 없는 그런 곳일까. 그렇다면 차라리 지옥으로 가는 것이 낫겠다. 참, 조건이 하나 있다. 지옥에 초고속 인터넷이 깔려 있어야 한다는 것이다. 천국은 책으로 뒤덮여 있을 테니 인터넷 같은 것은 필요없을 것이다. 아니, 인터넷은 오히려 천국보다는 지옥에 어울릴지도 모른다. 인터넷의 섹스 사이트를 천국에서 볼 수 있다는 것도 좀 우스꽝스러운 일이 아니겠는가. 그래, 여하튼 나도 소원을 빌어야겠다. 수능? 대학? 다 필요없다. 내 소원은 오로지 하나뿐이다. 햇님 햇님. 제발 올해가 가기 전에 서영이와 한번 할 수 있게 해주소서. 두 번을 바라는 것도 아니걸랑요. 딱 한 번만이라도요.

홧김에 하마터면

*

"뭐해요. 빨리 벗지 않고."

"저기, 그게……"

어쩌다가 일이 이렇게 되어버렸단 말인가. 눈앞에 있는 젊은 아가씨는 나보고 빨리 옷을 벗으라고 하고 있고 나는 몹시 불안한 마음으로 머뭇거리기만 하고 있다.

따지고 보면 이게 모두 다 서영이 때문이다. 아까 서영이와 만났을 때 내가 여느 때처럼 농담 반 진담 반으로 한번 하자고 했더니 서영이는 화를 버럭 냈다.

"너, 요즘 도대체 왜 그래? 만날 때마다 그런 얘기만 하고. 그 얘기 말고는 할 얘기가 아무것도 없어?"

대답할 말이 없었다. 만약 내가 그 얘기 말고는 할 얘기가 없다고 하면 자기를 그렇게밖에 보지 않느냐고 화를 낼 것이다. 그리고 내가 그렇지 않다고 대답하면 다른 할 얘기가 없는 것도 아니면서 왜 그 얘기만 하냐고, 장난치는 것도 한두 번이지 번번이 그러는 것은 자기를 놀리는 것 아니겠냐고 화를 낼 것이다. 이래도 좋은 소리를 듣지 못하고 저래도 좋은 소리를 듣지 못하는 경우에는 그저 입을 다물고 있는 것이 상책이다. 아무 말도 못 하고 가만히 있는데 문득 나도 화가 치밀어올랐다. 반드시 내가 하자는 대로 하지는 않더라도 가끔은 내 말도 좀 진지하게 들어주고 같이 고민해줘야 하지 않겠는가. 그런데 서영이는 자기 마음에 맞지 않는 것은 아예 들으려고도 하지 않고 화부터 내고 있었다. 내가 하는 얘기들은 다 우습게 보인다는 것인데, 이건 나를 우습게 본다는 것 아니겠는가. 나도 날선 목소리로 대꾸했다.

"너무 그러지 마. 나는 진지하게 하는 얘기야. 왜 내 얘기는 듣지 않고 너 하고 싶은 대로만 하려고 해? 아무리 내가 만만해도 그렇지, 너무하는 거 아냐?"

"너무하긴 뭐가 너무해. 네가 하는 얘기라고는 한번 하자는 얘기밖에 없잖아. 나를 고작해야 한번 해야 하는 여자로만 보고 있는 것 같은데 화가 안 나게 생겼어?"

말다툼을 해보았자 내가 이길 수 없는 노릇이었다. 나는 다시 입을 다물었다. 아무리 논리적으로 서영이 말이 다 맞고 내 얘기는 다 틀렸다고 하더라도 화가 가라앉지 않는 것은 어쩔 수 없었다. 서영이가 싫다고 하는 것은 괜찮았다. 하지만 나를 무시하는 것은 참을 수 없었다.

"그래, 내 수준은 겨우 이 정도밖에 안 돼. 너는 그럼 계속 그렇게 고상하고 합리적인 사람으로 살아라."

우리 목소리가 컸는지 카페 안에 있던 다른 손님들이 힐끔거리며 우리를 쳐다보고 있었다. 나는 자리에서 벌떡 일어나서 곧바로 나와버렸다. 참, 커피값은? 그리고 내가 마신 맥주값은? 모르겠다. 서영이가 알아서 냈겠지.

*

영석이는 전화를 받지 않았다. 경식이에게 전화해보았다.

"경식이냐? 난데, 영석이는 핸드폰 꺼놨는지 안 받는다. 술이나 마시자. 나와라."

"인마, 못 나가. 오늘 할아버지 제사야."

되는 일이 없었다. 녀석의 할아버지는 왜 하필 오늘 돌아가셨담. 나도 모르게 엉뚱한 말이 튀어나왔다. 잠재의식 속에 있는 말이었나 보다.

"야. 너 전에 미아리 갔다고 했지? 거기 가려면 어떻게 가야 되나?"

"몰라, 인마. 술 먹고 택시 타고 갔는데 어떻게 알아. 너 미아리 가려고? 그러면 혼자 가지 말고 다음에 나랑 같이 가. 내일 가자, 내일."

"됐어. 어디에 붙어 있는지 모르는데 어떻게 가. 끊어, 인마."

전화를 끊고 하늘을 올려다보았다. 검붉은 네온사인들 때문인지 도심의 밤하늘도 불그죽죽하게 지저분한 것이 꼭 내 마음 같아 보였다. 어디에 붙어 있는지 모른다고 못 갈쏘냐. 홧김에 계집질 한번 해봐야겠다. 그렇지만 고작 맥주 한 병 마셨으니 맨정신이나 다를 바 없는데 멀쩡한 정신으로 택시를 잡아타고 미아리 가자고 할 수는 없는 노릇이었다.

뜻이 있는 곳에는 길이 있는 법이다. 나는 택시를 잡는 대신 게임방으로 갔다. 인터넷에 접속해서 키워드에 미아리라고 집어넣고는 엔터를 쳤다. 관련 문서들이 주르르 떴고 그중 하나를 클릭해보았더니 성북구 하월곡동 88번지 미아리 텍사스 어쩌고 하는 신문기사가 나왔다. 다시 검색어를 바꾸어서 지도 사이트를 찾았고 지도 사이트에 접속해서는 검색어에 성북구 하월곡동을 집어넣고는 엔터를 쳤다. 하월곡동의 지도를 확대해놓고 봤지만 88번지가 어디인지는 알 수 없었다. 일단 가고 보기로 했다. 전철역은 길음역이 더 가까워 보였다.

헤매다보면 나오겠지 하는 생각으로 길음역에 내렸다. 전철역을 나와서 채 몇 걸음 걷지도 않았는데 사방에서 아줌마들이 나를 붙잡았다.

"이리 와. 싸게 해줄게."

헤맬 걱정을 했던 것은 기우에 불과했다. 전철역부터 이미 아줌마들의 관할구역이었다. 무슨 일이건 간에 처음부터 무작정 따라가는 것은 초보 티가 팍팍 난다. 아줌마들이 늘어서 있는 쪽으로 가다보면 본격적인 그 영역이 나올 것이었다. 아줌마들이 붙잡는 것을 뿌리치고 슬슬 걸음을 옮겼다. 어느 지점에 다다르자 갑자기 나는 눈이 휘둥그레졌다. 길거리에 사람들이 많고 양쪽 진열장이 휘황찬란한 것이 마치 명동 거리 같았다. 다른 점이라면 명동 거리의 진열장 안에는 옷이나 구두가 있는 데 반해 이 거리의 진열장 안에는 예쁜 아가씨들로 가득하다는 것이었다. 나는 아찔해졌고 그 여파로 인해 잘 기억나지 않는 몇몇 과정을 거쳐서 어찌어찌 하다보니 눈앞에서 아가씨가 나보고 옷을 벗으라고 채근하는 이 자리에 앉아 있게 되어버린 것이었다.

"저기, 잠깐만요……"

나는 말까지 더듬거렸다. 이불 위에 앉아 있던 아가씨는 방 한쪽 구석에 있는 바구니에서 물휴지며 콘돔 같은 것을 꺼내놓고는 나를 잡아끌었다.

"이리 와요. 모처럼 젊고 잘생긴 오빠가 걸렸으니 특별히 잘 해줄게."

에라, 나도 모르겠다. 이미 돈도 냈겠다, 오늘로 동정 떼어버리고 만다. 너, 후회하게 될 거다, 윤서영. 이런이런. 서영이의 이름을 되뇌자 갑자기 전에 서영이가 한 얘기들이 떠올랐다.

"나도 일회용 남자친구 만들어서 같이 하룻밤만 자면 되지. 그것도 부족하면 자고 나서 돈 주면 되지, 뭐."

그 녀석은 정말 그럴지도 모른다. 아니지, 내가 여기 온 것은 말하지 않으면 서영이가 모를 테지. 아니, 그것도 아니다. 내가 여기 왔다는 것을 서영이가 모른다면 서영이가 후회할 일도 없을 텐데 그게 무슨 복수가 되겠는가. 갑자기 머릿속이 미적분을 풀 때보다 더 복잡해졌다. 진퇴양난이었다. 서영이가 이 사실을 몰라도 곤란하고 알면 더 곤란한 경우가 되어버린 것이다. 아니, 문제는 그게 아니다. 서영이가 알고 모르고가 중요한 것이 아닐 수도 있다. 다시 처음으로 돌아가서, 내가 홧김에 여기에 왔다고 하자. 그렇다면 여기서 동정을 떼어버리는 것이 속시원한 화풀이가 될지 찜찜함으로 남을지가 문제인 것이다. 개운하고 후련해질까? 아니면 찜찜하고 후회스러운 일이 될까?

"저기요, 제가 친구 찾으러 왔는데 잘못 온 거 같아요. 그냥 갈게요."

말이 되건 안 되건 나오는 대로 말해버리고는 후닥닥 방문을 열고 나왔다. 등 뒤에서 야, 저거 뭐야, 하는 고함 소리가 들렸다. 밖으로 나와서 정신없이 지하철역까지 달려 내려갔다. 지하철을 타고서야 비로소 조금 진정이 되었다. 이런, 젠장. 내가 지금 도대체 뭘 한 거지. 난데없이 본전 생각도 났다. 6만 원, 적은 돈도 아닌데, 용돈을 다 날렸으니 앞으로의 유흥 생활은 어떻게 때우나.

핸드폰을 꺼내들고 서영이에게 전화했다. 서영이는 가라앉은 목소리로 거기가 어디냐고 물었다. 지하철 안이라고만 대답하고 서영이가 뭐라고 하기 전에 백기부터 들었다.

"서영아. 무조건 내가 미안해."

서영이는 괜찮다고 대답했다. 자기도 화부터 내서 미안하다면서 조금은 밝아진 목소리로, 괜히 속상한 채로 돌아다니지 말고 집에 가서 샤워하고 푹 쉬라고 한다. 가슴이 뭉클해졌다. 바로 전화하기를 잘했다. 그곳에서 그냥 도망쳐 나오기를 잘했다. 얼떨결에 동정을 떼어버렸으면 두고두고 후회했을 것이다. 용돈이야, 뭐. 당분간 집에만 있으면 되지. 어차피 갈 데도 없는데 차라리 잘된 일 아니겠는가. 참, 내일 경식이가 미아리 갔냐고 물어보면 뭐라고 대답하지? 모르겠다. 그냥 딱 잡아떼고 말아버리지, 뭐.

종이쪼가리 하나

*

담임이 출석을 불렀다. 지난 한 달 동안 결석한 아이가 없는 날이 없었다. 적게는 두셋에서 많으면 열 명도 넘게 빈자리들이 있었다. 수능이 끝난 후 오늘 처음으로 반 아이들 모두 다 나왔다. 아마 반 아이들을 모두 한자리에서 보는 것은 오늘이 마지막일 것이다. 이제 학교에 나오는 날은 불과 사흘이 남았다. 사흘 뒤면 방학이고 방학한 후에는 졸업식이나 되어야 아이들 얼굴을 보게 될 것이다.

교실 앞쪽의 티브이 모니터에서 영화 〈쉬리〉가 나오고 있었지만 제대로 영화를 보는 녀석들은 없었다. 그렇다고 끼리끼리 잡담하고 있는 것도 아니었다. 책상에 머리를 박고 있거나 멍하니 창밖을 쳐다보는 아이들이 대부분이었다. 절반 정도는 아예 자리에서 일어나 창가에 서 있거나 책상에 걸터앉아 있었다. 몇몇은 화장실을 들락거리면서 계속 담배만 피워댔다.

열한시쯤 되자 영화가 끝났다. 티브이 모니터에 '꺼냄'이라는 글자가 나오자 아이들은 조용히 자기 자리를 찾아 앉았다. 모두들 긴장된 표정이었다. 1년 동안 익숙해 있던 교실이었지만 갑자기 낯선 느낌이 들었다. 교실 안에는 어떤 숙연함마저 감돌았다. 아직 장례식에 가본 적은 없지만 아마 장례식이 이런 분위기일 것이다. 아니, 눈을 껌벅거리며 차례를 기다리는 소들이 줄지어 있는 도축장이 이런 분위기일 것이다. 심호흡을 가장한 한숨 소리가 여기저기서 새어나왔다. 몇몇은 아예 두 손으로 얼굴을 감싸고 기나긴 한숨을 쉬고 있었다. 교실 창밖의 마른 나뭇가지들은 어느 때보다 앙상해 보였다. 파란 하늘이 언뜻 보였다가는 이내 회색빛 구름으로 뒤덮였다. 비는 오지 않았으면 좋겠다. 이런 날에 비까지 내린다면 너무 처량해질 것이다.

이윽고 담임이 다시 들어왔다. 아이들은 숨을 죽이고 담임을 쳐다보았다. 마른침이 넘어가는 소리가 여기저기서 들렸다. 담임의 낮은 목소리가 실내의 정적을 갈랐다.

"번호순으로 한 명씩 앞으로 나와라."

담임의 손에는 수능 성적표가 들려 있었다. 아이들은 차례로 앞으로 나가서 성적표를 받아 자기 자리로 돌아왔다. 성적은 한 달 전 수능 치른 날에 대충 알고 있었겠지만 모두들 제발 1점이라도 높게 나오게 해달라고 기도했을 것이다. 성적표를 다 나누어준 뒤 내일부터 진학상담이라는 말을 끝으로 담임이 나갔다. 아이들도 하나둘 고개를 숙이고 교실을 빠져나가기 시작했다.

경식이와 나는 영석이 쪽으로 갔다. 영석이는 책상 위에 고개를 박은 채 자리에서 일어나지 않고 있었다.

"야, 점수 잘 나왔냐?"

한참 동안 말이 없던 영석이가 느릿느릿 고개를 들더니 꺼지는 듯한 소리로 말했다.

"죽고 싶다."

경식이가 영석이의 성적표를 낚아챘다.

"뭐야, 이거. 훌륭하기만 하잖아. 이 점수로 죽어야 되면 나는 한 3백 번쯤 죽어도 모자라겠다."

곁눈질해서 보니 제법 훌륭한 점수였다. 그 정도면 아마 반에서는 톱 수준일 것이다. 나도 한마디 거들었다.

"너, 대충 이 정도로 예상했잖아. 그리고 인마, 이 점수를 받고 이런 꼬라지를 하고 있는 것은 우리 반 애들 모두에 대한 모독이야."

영석이는 여전히 풀이 죽은 목소리로 대꾸했다.

"우리 부모가 제발 너희들처럼 생각해주면 소원이 없겠다."

하긴. 영석이의 성적이 좋은 편이기는 했지만, 반에서 톱 수준이어봤자 우리 반도 공부를 못하고 우리 학교도 공부를 못해서 일류대 가기는 쉽지 않을 것이다. 대규모 미달 사태가 생기지 않는 한 죽었다 깨어나도 서울대에 합격할 수 있는 점수는 아니었다. 영석이에게는 영원한 '그 집 아이'인 서영이는 제쳐놓더라도 영석이의 두 형이 서울대생이었고 영석이의 부모 역시 모두 서울대를 졸업했다. 아무리 그래도 그렇지, 서울대 가족에 비서울대생이 하나 생길 수도 있지, 그런 것 때문에 아들에게 죽고 싶다는 생각이 다 들게 하다니 해도 너무했다.

"야, 넌 공부 열심히 했잖아. 너희 엄마 아빠가 이상한 거야."

영석이가 공부를 열심히 했다는 것은 내가 보증할 수 있다. 간혹 경식이와 셋이서 술을 마실 때에도 술자리가 끝나면 녀석은 다시 독서실로 들어가서 공부하곤 했으니 말이다. 그러나 내 보증 따위는 아무 짝에도 쓸모없다는 것을 나도 알고 있다.

"서영이는 성적 잘 나왔겠지?"

"걱정 마라. 내가 잘 얘기해서 서울대 넣지 말라고 할게."

그제야 영석이가 웃었다. 그나마 피식. 영석이의 웃음은 웃음이라기보다는 얼굴 근육의 일그러짐에 가까웠다.

"행여나 서영이가 네 말 듣겠다. 아…… 여하튼 이제 난 끝났다. 연고대 갈 만한 점수는 나왔어야 되는데 거기도 마음놓을 수는 없고. 이거 정말 아예 재수 준비나 해야겠다."

"배부른 소리는 그만하고 나가자. 술이나 마시러 갈까?"

"아냐. 나 먼저 갈게. 미안하다. 내일 보자."

영석이가 횡하니 사라져버린 후에 경식이와 터덜터덜 교실을 빠져나왔다. 경식이가 투덜거렸다.

"하여간 공부 잘하는 놈들이 더하다니까. 내가 저만큼 나오면 우리 엄마는 이제 더 소원이 없다며 동네 한 바퀴 춤을 추며 돌아다닐 텐데."

공부 때문에 자살하는 애들치고 정말 공부 못하는 애들은 거의 없었다. 정말이지 어떻게 된 게 조금 한다는 놈들이 더하다. 그 점에서는 영석이도 예외는 아니었다.

"그래서 너는 잘 나왔냐?"

"운 좋으면 지방대 어디 한 군데쯤은 갈 수 있겠지. 아니면 전문대라도 가고, 그것도 안 되면 군대 가지 뭐. 너는?"

"나도 그래."

갑자기 우울해졌다. 꼭 대학을 가고 싶은 생각이 있는 것은 아니었지만 그런 생각과는 별개로 설령 가고 싶다고 해도 갈 수 있는 대학보다 갈 수 없는 대학들이 몇 배는 더 많을 터였다. 그렇다고 해서 더 많은 곳에서 나를 받아주게끔 다시 1년간 재수할 생각도 전혀 없었다. 내 성적으로는 웬만한 대학은 물론이려니와 명문 입시학원에조차 갈 수 없을 것이다. 세상이 나를 배척하는데 어찌 우울하지 않을 수 있겠는가. 경식이가 내 어깨를 툭 쳤다.

"술이나 마시러 갈까?"

나는 경식이 얼굴을 쳐다보지도 않고 대답했다.

"인마, 철 좀 들어라. 나도 그냥 갈란다."

*

내가 간 곳은 숙경씨의 숍이었다. 대낮이어서 그런지 한산했다. 헤어 디자이너 누나들에게 인사하고 소장실로 들어갔더니 아니나 다를까, 숙경씨는 또 티브이를 보고 있었다.

"어이, 아들. 어서 와라. 웬일이냐?"

나는 소파에 털썩 주저앉았다. 가방을 열고 성적표를 꺼내서 숙경씨에게 내밀었다.

"보고는 해야 될 것 같아서 왔어. 내 점수 이렇게 나왔어."

"어디 보자. 그래 이 점수면 어디를 갈 수 있는 건데?"

"잘하면 서울 시내 대학 갈 수 있을지도 모르긴 하지만, 웬만하면 지방대고 어쩌면 지방대도 안 될지도 몰라."

"그렇구나. 할 수 없지, 뭐. 너무 기죽지 마라. 용돈 준 지 여러 날 되었는데 아직 남아 있니? 좀 줄까?"

주는 돈은 일단 받아야 했다.

"응, 빨리 줘."

돈부터 챙기고 난 뒤 나는 조금은 미안한 심정을 담아서 물어보았다.

"엄마는 나한테 기대하는 거 없어?"

"무슨 기대?"

"왜, 다른 애들은 엄마들이 엄청 기대하잖아. 일류대 같은 거 말이야."

"넌 별로 대학 가고 싶지 않다면서?"

"그렇기는 하지만, 그래도 엄마는 나한테 그런 거 바라지 않아?"

"공부야 저 알아서 하는 거고 안 되면 할 수 없는 건데 어쩌겠어. 명호는 공부하라는 소리 한번 안 하고 과외 한번 못 시켰어도 그렇게 공부를 잘했어. 그런데 나는 네 외할머니가 공부하라고 귀에 못이 박히도록 잔소리를 해댔어도 안 했으니, 나도 못 한 걸 아들한테 강요할 수는 없잖아."

"다른 부모들은 그렇다 해도 기대하고 강요하잖아. 어쨌든 미안해."

숙경씨는 정이 담뿍 담긴 눈길로 나를 바라보았다.

"네가 미안할 일은 전혀 없어. 다른 부모들은 그렇게 살라고 하고,

나는 정말 다른 거 없다니까. 그저 네가 나쁜 짓만 안 하고, 다른 사람에게 피해주지 않고 살기만 하면 돼."

"나쁜 짓 안 한다고 대학 가는 거 아니잖아. 내가 정말 대학도 안 가고 마땅히 취직 자리도 못 구하면 어떻게 해?"

숙경씨는 웃음을 터뜨렸다. 그러고는 놀리는 듯한 어조로 말했다.

"그러게 연기학원 가랬잖아."

"애들 말이 나는 근성이 없어서 연예인 체질 아니라는데?"

숙경씨는 잠시 생각한 후에 말했다.

"그러면 미용학원 다녀. 너는 인물도 괜찮으니 미장원 차리면 젊은 언니 손님들로 미어터지겠다. 내가 조금만 도와주면 별로 어렵지 않게 자리잡을 수 있을 테니 말이야. 자기 몸을 직접 움직여서 돈을 버는 것은 참 괜찮은 일이야."

"알았어. 생각해볼게. 나 갈래. 이따 밤에 봐요."

숍을 나왔다. 숙경씨는 아무래도 괜찮다고 했지만 정말 괜찮기야 하겠는가. 고졸 아들보다는 대학생 아들이 더 폼이 나 보이는 것은 뻔한 사실이니 말이다. 숍에 오기 전보다 마음이 더 우울해졌다. 고작 종이쪼가리 하나 때문이었다. 그 종이쪼가리 안에 인쇄되어 있는 세 자리 숫자 때문이었다. 고작 숫자 세 개. 젠장.

라비린토스

*

"여기 갈까?"

서영이가 간판과 건물을 올려다보았다. 그러더니 고개를 저었다.

"여관 이름이 하필이면 금수장이 뭐니. 금수들만 가는 데 같아. 여긴 싫어."

벌써 한 시간째 여관 거리를 빙빙 돌고만 있었다. 다리가 아파왔고 조금씩 신경질이 나기 시작했다.

"그럼 어디로 가? 바깥쪽에 있는 여관은 길가라서 싫다고 하고 안쪽에 있는 여관은 건물이 볼품없어서 싫다고 하고 건물이 근사한 여관은 출입 통제가 있을 것 같아서 싫다고 하고 이젠 여관 이름이 별로여서 싫다니. 너, 사실은 생각 없는 거지? 싫으면 그냥 싫다고 해. 괜히 나 데리고 장난치지 말고."

"너는 지금 내가 장난치는 걸로 보여?"

서영이는 한마디 던지고는 몸을 돌려 바삐 걸어가기 시작했다. 서둘러 따라가서 팔을 잡았다.

"야, 짜증내서 미안해. 조금 더 돌아보자."

애써 목소리를 부드럽게 해서 서영이를 달랬다. 여기까지 왔는데 일을 그르쳐서는 안 된다. 인내심을 가지고 끝까지 가야 한다.

*

"한번 하자."

영화를 보고 저녁을 먹고 나서 카페에 마주 앉아서 이제는 습관처럼 되어버린 말을 툭 던졌을 때 서영이가 고개를 끄덕인 것이 두 시간 전의 일이었다. 나는 깜짝 놀랐다. 서영이의 진의를 다시 확인해보고 싶었지만 그랬다가는 또 아니라고 할 것 같아서 아무 말 없이 그녀의 팔을 끌고 신림동의 여관 골목으로 왔다. 말로만 듣던 신림동의 여관 골목. 막상 와보니 온통 현란한 간판과 네온사인들로 어지러웠다. 서영이에게 약한 모습을 보이지 않으려고 태연한 척했지만 사실은 나도 그 거리에 있는 것이 매우 거북스러웠다. 어디든지 빨리 들어가거나 아니면 아예 벗어나고 싶기도 했다. 그러나 기회는 찾아왔을 때 움켜쥐어야 하는 법이고 지금이 움켜잡아야 하는 바로 그때였다.

"그냥 아무 데나 들어가자. 다리도 아프잖아. 생산적인 일을 하게 되건 그렇지 않건 간에 일단 좀 앉아서 쉬어야 하지 않겠어?"

서영이가 보일 듯 말듯하게 고개를 끄덕였다. 나는 서영이의 손을 꼭 붙잡고 가장 가까운 여관 문을 열고 들어섰다. 실내등은 어두웠고 바닥에는 카페트가 깔려 있었다. 카운터에 가서 일부러 굵은 목소리를 냈다.

"방 있어요?"

카운터에 앉아 있던 주인아줌마는 우리를 힐끔 쳐다보고는 되물었다.

"자고 가요, 쉬었다 가요?"

"쉬었다 갈 거예요."

주인아줌마가 다시 서영이를 쳐다보았다. 서영이는 고개를 푹 숙이고 있었다. 아줌마는 아무래도 미심쩍었는지 다시 물어보았다.

"근데 미성년자 아니죠?"

"허, 참."

별소리를 다 듣는다는 듯이 짐짓 큰 소리로 혀를 찼다. 주민등록증을 보여달라고 하면 어쩌나 걱정이 되었지만 다행히 아줌마는 더이상 캐묻지 않았다.

"요즘 단속이 심해서 그래요. 그럼 2만 원, 따라오세요."

아줌마는 쟁반 위에 수건과 물병을 받쳐들고 앞장섰다. 서영이는 여전히 고개를 푹 숙인 채로 내 옆에 바짝 붙어 따라왔다.

아줌마가 나가자 어색한 침묵이 감돌았다. 서영이는 침대 발치에 서 있었다. 드디어 오랜 시간 꿈꿔왔던 일이 실현되려는 순간이었다. 흥분이 어색함을 압도했다. 서영이를 끌어안으려 했다.

"야, 좀 비켜봐."

제대로 안기도 전에 서영이는 두 팔로 나를 밀쳤고 나는 침대에 나동그라졌다. 낯선 곳에 들어와서 기가 죽은 줄 알았던 서영이가 어느새 본래의 모습으로 돌아와 있었다.

"너 나가서 일단 콘돔부터 사와."

"콘돔?"

"그래. 콘돔. 생산적인 일이라며? 정말 생산이 되면 어떻게 할 거야?"

어떻게 하긴. 내가 책임지지. 책임? 무슨 책임? 어떻게? 임신? 아기? 도무지 나와는 어울리지 않는 단어들이 한꺼번에 내 뒤통수를 때렸다. 비로소 우리가 하는 일이 사소한 장난이 아닌 것처럼 묵직하게 여겨졌다.

"약국 가는 동안에 도망가버리려고?"

"도망가려고 했으면 아까 갔어. 아직 약국 문 닫을 시간 아니니까 어서 갔다와."

"알았어."

"콘돔 하나 주세요."

"어떤 걸로 드릴까요."

"아무거나, 아니 중간 가격으로 하나 주세요."

낯선 동네라는 것, 그리고 오랜 시간 동안의 열망이 곧 실현되리라는 기대는 약국에서 콘돔 달라는 얘기를 손쉽게 하게 해주었다. 콘돔을 사들고 다시 여관으로 돌아왔다. 서영이는 이미 샤워를 했는지 수

건으로 젖은 머리를 말리며 티브이를 보고 있었다.

"사왔어?"

"응. 여기."

"그럼 이제 가서 샤워해."

"응……."

이런 그림이 아니었는데, 내가 하려던 말들을 죄다 서영이가 하고 있었다. 나는 흡사 누나 손을 잡고 따라가는 어린 동생이 된 기분이 들었지만 아무려면 어떠한가. 모로 가도 그곳으로만 가면 되는 것 아니겠는가. 욕실로 가서 어느 때보다도 정성스럽게 몸을 씻었다. 김이 뿌옇게 내려앉은 거울을 보면서 중얼거렸다. 거울아, 거울아, 이 세상에서 누가 제일 행복하게? 거울 속의 얼굴이 행복한 표정으로 대답했다. 나야, 나.

샤워를 마치고 나왔다. 침대에 비스듬히 누워서 티브이를 보고 있던 서영이가 나를 쳐다보지도 않은 채 명령하듯 말했다.

"불 꺼."

"알았어."

스위치를 내렸다. 방 안이 깜깜해졌다. 서영이 옆으로 갔다. 천천히 서영이의 어깨를 끌어안고는 입술을 찾았다. 그녀의 입술은 부드러웠다. 갑자기 가슴이 콩당콩당 뛰기 시작했다. 피가 한곳으로 몰리는 느낌이었다. 서영이를 침대에 누이고는 그녀 위에 몸을 실었다.

세상에 쉬운 일 하나 없었다. 최초로 맞이한 장벽은 폴라 스웨터였다. 폴라 스웨터가 서영이의 목에 걸려서 나오지 않았다. 살살 빼자니 목에 걸린 상태 그대로였고 아파할까봐 세게 당길 수도 없었다. 결국 서영이에게 부탁했다.

"야, 네가 좀 벗어줘."

서영이는 말없이 팔을 올려 스웨터를 벗더니 단정하게 개켜서는 침대 밑에 내려놓았다. 서영이가 옷을 벗는 동안 잠시 사이가 생기니 한곳으로 쏠렸던 피가 조금은 분산되었다.

그다음에는 청바지가 견고한 성벽이었다. 별로 타이트한 바지도 아니었는데 도무지 바지가 밑으로 내려가지 않았다. 한동안 끙끙거렸지만 다시 부탁하는 수밖에 없었다.

"야, 네가 좀 내려줘."

이번에도 서영이는 말없이 바지를 벗고는 역시 단정하게 개켜서 스웨터 위에 올려놓았다.

서영이가 바지를 벗고 개키고 하는 동안 내 피도 조금은 더 분산되었지만 그녀가 브래지어와 팬티 차림이 되었다는 사실은 다시 나를 흥분시켰다. 고지가 바로 저기였다.

그러나 고지 앞으로 달려간 나를 맞이한 것은 마지막으로 남아 있던 참호였다. 이번에는 브래지어였다. 호크가 풀리지 않았다. 씨근덕거리며 한숨을 몰아쉬었다.

"정말 미안한데, 이것도 네가 좀 풀어줘."

서영이는 여전히 말없이 팔을 뒤로 돌려 브래지어를 풀어서는 바지 위에 올려놓았다. 남은 것은 팬티 하나뿐이었다. 그거라면 나도 할 수 있었다. 조심스럽게 팬티를 벗겨내었다. 내 옷가지들을 벗어버리는 데에는 몇 초 걸리지 않았다. 나는 태고의 모습으로 돌아갔고 내 앞에는 역시 태고의 모습으로 돌아가 있는 여자가 있었다. 그녀에게 입을 맞추었다. 한 손으로는 그녀의 어깨를 끌어안고 다른 한 손으로 천천히 그리고 부드럽게 그녀의 가슴을 어루만졌다. 서영이가 가끔 팔짱을 낄 때마다 나를 찌릿하게 만들었던, 한없이 포근하게만 보이던 융기가 내 손안에 있었다. 심장이 터져버릴 것만 같았다. 서영이는 가쁜 숨을 내쉬었다. 나는 서영이 위에 몸을 실었다. 그러고는, 그러고는……

어떻게 되었냐고? 다 알면서 뭘……

*

"뭐 하는 거야? 싫어, 하지 마."

아래쪽으로 입술을 가져가자 서영이는 몸을 돌렸다. 가슴에 키스할 때까지는 매뉴얼대로였는데 서영이가 거부하는 바람에 조금 틀어졌다. 남녀가 키스하고 남자가 여자의 가슴을 애무하다가 가슴에 키스하며 성기를 애무한 후 커닐링거스와 펠라치오를 거쳐 인서트하는 것. 내가 보았던 대부분의 정상적인 포르노에서는 다 이렇게 했는데 아무래도 두세 단계는 생략해야 할 것 같았다. 막상 하려고 하니 흥분도 되었지만 어쩐지 겁이 나기도 했다. 조심스러운 어조로 물어보았다.

"정말 해도 돼?"

서영이는 담담하게 대답했다.

"콘돔부터 끼고 나서 해."

여기까지 진행된 터에 하지 말라고 해도 순순히 말을 듣지는 않았
겠지만 하라고 하는데 몸을 뺄 수는 없었다. 그리고 내 머리끝에서 발
끝까지 원하고 있던 것도 바로 그것이었다. 나는 재빨리 콘돔을 착용
하고 서영이의 몸속으로 진입해 들어갔다.

"에이, 어디가 어디야. 왜 안 되는 거야."
브래지어의 호크가 참호였다면 이것은 난데없이 나타난 거대한 성
벽이었다. 입구 자체가 미로였다. 폴라 스웨터와 청바지와 브래지어
의 호크 앞에서 헤맸던 시간을 다 합친 것보다 훨씬 많은 시간 동안
나는 서영이의 입구 앞에서 진로를 몰라서 갈팡질팡했다. 이상한 일
이었다. 그동안 봤던 수많은 포르노에서는 대충 갖다대기만 하면 들
어갔는데 말이다. 도무지 입구를 찾을 수 없었다. 민망함을 애써 참으
며 서영이에게 말했다.
"다리를 좀 벌려줄래?"
서영이의 다리가 벌어졌다. 다시 서영이 위로 올라갔다. 또다시 고
투의 시간이 흘렀다. 여기도 아니었고 저기도 아니었다. 위쪽도 아니
었고 아래쪽도 아니었다. 이번에도 역시 내가 할 수 있는 것이라고는
서영이에게 부탁하는 것밖에 없었다.
"야, 이거 도무지 어디로 들어가야 하는지 모르겠다. 네가 좀 도와
줘."
서영이가 매우 고소하다는 듯이 대답했다.
"나도 몰라."
"모르긴 왜 몰라. 네 몸이니 너는 어디인지 알잖아."

“아니야, 정말 나도 몰라.”

서영이의 말이 사실이건 그렇지 않건 간에 그녀로부터 더이상의 도움을 기대할 수 없다는 것은 분명해 보였다. 다시 진입을 시도했다.

“여긴가.”

“거기인 거 같기도 해.”

서영이의 목소리에는 이제 장난기마저 흐르고 있었다. 한참 동안 땀을 흘려대며 고군분투했지만 도저히 찾을 수 없었다. 그곳은 다이달로스가 만든 크레타 섬의 라비린토스보다도 더 복잡한 미궁이었다. 그리고 내 페니스의 방향감각은 유감스럽게도 테세우스의 그것이 아니었다. 나중에는 한곳에 몰려 있던 피도 도로 다 제자리로 돌아가버렸고 결국 내 페니스는 의욕을 잃었다. 그냥 내려오는 수밖에 없었다. 나는 몹시 아까운 심정이었고 매우 창피했으며 심지어 우울해지기조차 했다.

“후우, 못 찾겠어.”

서영이로부터 몸을 떼어내고는 털썩 누웠다. 마치 이때를 기다렸다는 듯이 서영이가 몸을 일으켰다.

“그럼 나 옷 입을래.”

“안 돼.”

“안 되긴 뭐가 안 돼.”

서영이는 내 말을 단칼에 자르고는 옷을 입기 시작했다.

“그럼 팬티만 입어.”

가슴만이라도 한번 더 만져야……

“웃기지 마.”

순식간에 서영이는 청바지에 폴라 스웨터까지 입어버렸다. 어느 세월에 저것들을 다시 벗겨낸단 말인가. 서영이의 도움 없이는 벗길 수도 없는 난해한 옷들이었다. 날 샜다는 느낌에 저절로 한숨이 나왔다. 담배를 꺼내어 물었다.

"젠장, 세상에 쉬운 일 하나 없구나."

서영이는 깔깔대며 웃었다.

"어쨌든 난 할 만큼 했고 순전히 너 때문에 못 한 거니까 불평하지 마."

"그러지 말고 한 번만 더 해보자."

아까운 심정이었다. 어떻게 찾아온 기회인데 이대로 끝낸다는 말인가. 물러설 수 없었다.

"얘 좀 봐라. 버스 이미 지나갔어. 이제 끝이야. 아까는 나도 조금 흥분되었지만 지금은 전혀 흥분이 안 돼."

"야, 이게 버스하고 무슨 상관이야. 그리고 버스 지나갔다고 해도 다음 버스 오면 타고 가잖아."

서영이는 노래하듯 하이 톤으로 말했다.

"그럼 버스회사로 가서 알아보셔."

그러고는 냉정하게 한마디를 덧붙였다.

"이제 집에 가자. 빨리 일어나서 옷 입어."

리턴매치?

*

마치 패잔병이 된 듯한 심정이었다. 몸도 지쳤지만 마음도 지쳤다. 서영이를 집까지 바래다주는 동안 서영이는 아무 말이 없었고 나도 할 말이 없었다. 아파트 입구에서 힘없이 돌아서려는데 서영이가 내 옷깃을 잡았다.

"들어와서 커피 한잔 마시고 갈래?"

"늦었잖아. 이 시간에 어떻게 들어가?"

"오늘 엄마 안 계시거든. 진주 가셨어."

듣던 중 반가운 소리였다. 서영이 아빠는 직장이 진주에 있어서 주말마다 올라오시곤 했으며 가끔 서영이 엄마가 진주로 내려가시곤 했다. 서영이는 외동딸이니 집에는 서영이와 나, 둘뿐일 것이었다. 그리고 겨울밤은 길다. 연장전? 리턴매치? 여하튼 나는 새로운 기대에 들떠서 앞장섰다.

"춥다. 빨리 들어가자."

커피를 한 모금 홀짝이고는 서영이를 바라보았다.

"한번 하자."

서영이는 어이없다는 듯한 표정으로 나를 흘겨보며 말했다.

"싫어. 버스 지나갔다니까."

"그럼 아까는 왜 한다고 한 거야?"

"네가 하도 불쌍해 보여서."

"정말? 나 지금도 불쌍한 사람이야. 그러니 한번 하자."

"불쌍하긴 뭐가 불쌍해. 한심하기만 하다."

"아까는 불쌍해 보였다면서?"

"글쎄다."

서영이는 피싯 웃었다. 피싯, 이었을 것이다. 다른 여자아이들이라면 호홋, 했겠지만 서영이는 피싯, 이다. 그러고 보니 서영이가 어머, 라고 말하는 것을 한 번도 들어보지 못했다. 사귄 지 1년이 넘었지만 치마 입은 모습을 본 적도 없었다. 서영이 방에는 그 흔한 인형 하나 없었다. 도무지 여성다움 내지는 소녀다움이라고는 털끝만큼도 없는 여자였다. 툭하면 나를 가지고 놀려고 들지를 않나. 피싯, 웃는 모습이 마치 나를 비웃는 것 같아서 저절로 입이 튀어나왔다. 서영이가 불쑥 물어보았다.

"너, 나 사랑해?"

"왜? 어떻게 대답하면 할 건데? 사랑한다고 대답해야 할 거면 사랑하고 그렇지 않다고 대답해야 한다면 사랑하지 않아."

"넌 왜 모든 얘기를 그런 식으로만 생각해. 잔말 말고 제대로 대답이나 해봐."

서영이의 목소리가 높아졌다. 나는 곰곰이 생각해보았다.

"솔직히 말하자면 잘 모르겠어."

"뭐를 잘 몰라?"

"만나는 여자친구는 너밖에 없고 네가 좋기는 해. 그런데 그 감정을 사랑이라고 해도 되는지는 모르겠다는 거야. 사랑이라고 하면 뭔가 매우 열정적이고 격렬한 감정이어야 할 것 같고, 그래서 서로에게 정신없이 빠져들어야 할 것 같은데 나는 꼭 그렇지는 않거든. 나중에 너하고 결혼하면 좋겠다는 생각을 가끔은 해보지만 너무 먼 얘기라서 전혀 실감이 나지도 않고 말이지."

"모처럼 좀 진지해졌구나. 진지하게 말하니까 너도 제법 근사해 보이잖아."

서영이가 장난기 어린 웃음을 머금었다.

"야, 너하고 했다가 나중에 우리 남편이 화내면 네가 책임질 거야?"

"책임지지 뭐. 이혼하고 나한테 와. 기꺼이 결혼해줄게."

"너도 유부남이면?"

"그러면 좀 곤란하겠다만 나도 이혼하지, 뭐."

"말 참 쉽게 한다. 이혼이 그렇게 쉬워?"

"그러면 누구인지도 모르고 나중에 어떻게 될지도 모르는 남편 때문에 안 하겠다는 거야?"

"그건 아니야. 왜 하기 싫으냐면 말이지."

서영이는 생각을 정리하려는 듯 고개를 갸웃거리더니 말을 이어갔다.

"말로 하기는 좀 어려운데…… 뭐랄까. 내가 하기 싫다는 것은 그냥 싫은 것하고는 조금 다른 종류인 것 같아. 그냥 좀…… 하고 싶다, 하기 싫다의 차원이 아니라 겁이 나는 거야, 겁이. 아플까봐 겁나는 것도 아니고, 나중에 결혼한 다음에 남편이 뭐라 그럴까봐 겁이 나는 것도 아니야. 그냥 겁이 나. 다른 것들과는 무관하게 그 자체만으로 겁이 나는 거야. 어쩐지 하면 안 되는 일 같은데 억지로 했다가 후회만 하게 될 것 같기도 하고 말이지."

"그럼 아까는? 겁을 잊어버릴 만큼 내가 불쌍해 보였어?"

서영이는 다시 피싯 웃었다.

"불쌍해 보인 탓도 있지만, 사실은 내가 겁내는 게 싫었거든. 남자들은 너처럼 욕구가 생기면 막 하자고 달려드는데 나라고 해서 호기심이 없는 것도 아니고 욕구가 없는 것도 아닌데 마냥 수세에 몰려 있어야 한다는 상황도 싫었고 말이지. 그렇다면 일종의 반발심 같은 거였을까?"

"좋은 생각이야. 반발심, 그거 아주 중요하지. 지금이라도 다시 그 반발심을 일깨우면 되잖아."

"넌 어쩌면 모든 얘기를 그쪽으로만 몰고 가니? 정말 넌 깔때기 이론의 전형이구나."

"깔때기 이론?"

"무슨 얘기를 해도 결국에는 하나로 귀결되는 거 말이야."

"깔때기건 뭐건 간에 그렇게 되는 게 인지상정이야."

"인지상정은 무슨 인지상정이야. 너나 그렇겠지. 여하튼 그런데 말이야. 아까 거기에서 네가 땀 뻘뻘 흘리면서 있을 때 이런 생각이 들었어. 모처럼 마음을 먹었는데 네가 제대로 못 해서 갑갑하기도 했지만 다른 한편으로는 안도감도 들더라. 왜 안도감이 들었을까 생각해 보니 나는 아직 준비가 되어 있지 않은 것 같아. 여자라고 해서 성적인 문제에 대해서 수세에 몰리는 상황도 싫지만 그 상황이 싫다고 해서 당위적으로 뭘 어떻게 해야 된다는 것도 우스운 것 같더라. 그래서 최종적으로 내린 결론이 난 아직 마음의 준비가 덜 되었고 당당하게 한번 하는 것은 준비가 다 된 다음에 해야겠다는 거야."

"뭐야, 그럼. 도로 원래대로 되었다는 거야?"

"현상적으로야 원래대로지만 여기에 이르기까지의 과정을 생각해 보면 처음하고는 좀 다른 거지. 일종의 나선형이야."

"다르긴 뭐가 달라. 결론은 안 하겠다는 거잖아."

서영이가 깔깔 웃었다.

"맞아. 안 하겠다는 거야. 난 하기 싫어. 아까 말했잖아. 버스 이미 떠나버렸다고."

나는 발음이 새는 듯한 목소리로 알파벳 자음 두 개를 큰 소리로 길게 읽었다.

"A, C."

집에 가면서 숫자 하나를 더 읽을지도 모르는 일이다.

"8."

그냥 이대로

*

느닷없이 명호씨가 내게 담배를 내밀었다.

"이거 왜 이래?"

"피우라고."

"어, 내가 아무리 버릇없는 조카지만 어떻게 삼촌하고 맞담배질을
해."

"괜찮으니까 피워."

명호씨는 자기가 먼저 불을 붙이고는 내게도 불을 내밀었다. 에라,
모르겠다. 피우라고 할 때 피워버리자. 나도 담배에 불을 붙이고는 한
모금 내뱉었다. 명호씨가 다시 입을 열었다.

"준호야, 요즘 엄마가 걱정하는 것 같은데, 어느 대학 갈지 생각은
좀 해봤어?"

이 얘기를 하려고 내게 담배를 피우라고 한 거였나보다. 뭐, 대단한 얘기라고 담배씩이나 권하는지, 의외로 명호씨에게 소심한 구석이 있는 것 같았다.

"엄마가 삼촌보고 나한테 잘 얘기해서 대학 가라고 하래?"

"글쎄다. 누나는 누나 방식대로 너를 걱정할 테고. 나는 네가 어디에 관심이 있는지 궁금할 뿐이야."

"잘 모르겠어. 아무것에도 끌리지 않아."

"그렇다면 나중에 무얼 하며 살고 싶은데?"

"솔직히 말하자면 아무것도 하고 싶지 않아. 나는 평생 이 집에서 엄마랑 삼촌이랑 살았으면 좋겠어. 방이야 지금까지 있던 것이니 계속 내가 쓴다고 해서 크게 손해볼 것도 아니고, 그저 밥상에 숟가락 하나만 더 놓으면 되는데, 그냥 그렇게 살면 안 될까?"

정말 그렇게 살고 싶다. 나는 가출하는 아이들을 이해할 수 없다. 집에 있으면 따뜻한 밥도 주고 편안한 잠자리도 주고 용돈마저 주는데 뭐하러 가출해서 아르바이트 찾느라 고생하고 하느라 고생하는지 알 수 없는 일이다. 부모가 간섭하면 새벽에 나와서 새벽에 들어가면 되는 일 아니겠는가. 어차피 가출해서 쪽방에 찾아든다 해도 그곳에서는 잠만 자고 말 텐데 그럴 바에는 집을 쪽방이려니 여기고 살면 되지 않는가. 아무 일 안 해도 그저 살아 있는 자체만으로도 밥도 주고 잠자리도 주는데 말이다. 이 좋은 환경을 언젠가는 포기해야 된다는 것은 실로 아깝기 그지없는 일이다. 나는 가끔 숙경씨에게 다짐해두곤 했다. 나중에 다 큰 후에라도 그냥 나를 평생 먹여살려달라고. 그냥 지금처럼 숟가락 하나만 있으면 되는 일 아니냐고.

그러나 평생 그렇게 살 수는 없다는 것을 나도 알고 있다. 하다못해 결혼이라도 한다면, 나 하나쯤이야 엄마한테 빌붙어도 상관없지만 마누라까지 나처럼 빌붙게 할 수는 없는 노릇 아니겠는가. 결혼을 하지 않으면 그만이지만, 그것은 내가 바라는 바가 아니다. 결혼을 안 하면 섹스는 어떻게 하느냐 말이다. 결혼하면 매일매일 아내와 섹스할 수 있는 셈이니, 생각만 해도 찌릿찌릿하다. 그것을 어떻게 포기하겠는가. 그러니 평생 엄마에게 얹혀살 수는 없는 일이다. 뭐라도 해야 한다. 그러나 무엇을 해야 하는지 알 수 없었다. 무엇을 해야 하는지 모를 때는 어떻게 해야 하는지도 알 수 없었다.

비록 내가 가끔 버릇없게 굴기는 하지만 나는 명호씨를 존경한다. 명호씨는 유식하고 사려 깊고 인간성도 좋다. 나도 명호씨처럼 훌륭해지고 싶다. 그러나 그렇다고 해서 명호씨처럼 되고 싶지는 않다. 서른을 훌쩍 넘긴 남자가 집에 틀어박혀 있는 것은 어쩐지 서글픈 일일 것 같다. 아니, 내가 하고 싶은 것은 서른이 넘어서도 집에 틀어박혀 있는 것이기도 하다. 헷갈린다. 내가 정말 원하는 것이 무엇인지 나도 잘 모르겠다. 우울한 어조로 말했다.

"난 뭐 할까? 어떻게 하면 삼촌처럼 훌륭하게 될 수 있어? 삼촌은 아는 것도 많고 생각도 깊고 현명한데다가 인간성도 좋잖아. 나같이 버릇없는 조카한테도 친구처럼 잘해주고 말이야."

입속에 묻어두려고 했던 다음 이야기도 관성의 법칙에 따라 저절로 따라나왔다.

"그리고 어떻게 하면 삼촌처럼 안 될 수 있어? 삼촌이 다른 건 다 훌륭하다지만, 하는 일은 없잖아. 공부 많이 한 사람이 집에만 있으면 사회적으로도 손실이잖아."

　말하고 나서 아차 싶어서 명호씨의 표정을 살펴보았다. 다행히 명호씨는 그저 웃고 있었다.

　"넌 너대로 살아야지 뭐. 그런데 대학을 가고 싶기는 해?"

　"글쎄. 엄마는 나보고 대학 안 갈 거면 미용학원 다니는 게 어떠냐고 그러더라."

　명호씨의 눈이 커졌다.

　"누나가 그런 말을 다 했어?"

　"응."

　"허, 모르는 바는 아니었지만 누나는 참 멋있는 사람이네."

　명호씨는 빙그레 웃었다.

　"너, 노무현 알아?"

　"응, 이름은 들어봤어. 당선보다 낙선을 더 많이 한 전직 국회의원이잖아."

　"응, 그렇지. 예전에 그 사람이 청소년 대상 라디오 프로에 나온 적이 있었거든. 〈별이 빛나는 밤에〉였던가 그래. 그때 아들이 고3이었나 봐. 노무현이 아들한테 그렇게 얘기했다는군. 얘야, 대학 때문에 너무 걱정하지 말아라. 대학 안 가면 어떠냐. 나중에 우리 둘이 빵집이라도 하면 되지 않겠냐고 말이지."

　"에이, 설마 본심이야 그렇겠어. 그 사람이야 정치가인데 쇼맨십일지도 모르잖아."

　"응, 그럴 수도 있지. 근데 그 사람도 최종 학력이 고졸이거든. 정말 진심으로 그렇게 말했을지도 모르고 만약 쇼맨십이라고 해도 신선

한 쇼맨십이기는 해. 나는 자식 가진 부모 심정에 대해서는 아는 바가 없지만, 자기 자식에 대해 직접 그렇게 말하기는 쉽지 않은 일 같아. 막상 전인교육, 인성교육 부르짖다가도 자기 자식이 대학 못 갈까봐 고액 과외 시켜대며 안달하는 게 우리나라 부모들이잖아."

"하긴 그래. 영석이는 죽고 싶다더라. 걔네 식구가 다 서울대 출신 이래. 그 자식, 서울대는 못 가도 잘하면 연고대는 갈 텐데 연고대 가 는 놈이 죽어버리면, 우리 같은 애들은 어쩌라고."

"어디 영석이네만 그렇겠어. 거의 다 그런 식이지. 그러니 누나가 훌륭하다는 거야."

그러나 숙경씨가 훌륭하다고 해서 상황이 달라지는 것은 아니었다. 훌륭한 엄마, 훌륭한 삼촌 밑에서 자란 나는 왜 이럴까. 명호씨가 다 시 물었다.

"그래서 미용학원 다니기로 결심했어?"

"아니. 미용학원도 나쁠 것 같지는 않지만 하고 싶은 종목은 아니 야. 전에는 생각해본 적도 없는 일인걸. 혹시 또 모르기는 해. 나중에 정말 할 일 없으면 거기라도 가게 될지도. 사실 대학을 안 간다고 해 서 특별히 다른 하고 싶은 일이 있는 것도 아니고 곧바로 취직하고 싶 지도 않으니 대학에 안 가는 것보다는 가는 게 좋을 것 같다고 생각하 는 것 같기도 해."

명호씨는 내 쪽으로 당겨앉았다.

"미용학원은 10년 후에도 갈 수 있거든? 10년 동안은 우선 네가 무 얼 하고 싶은지 찾아보는 데에 써봐. 그건 아무도 가르쳐주지 않는 일 이야. 또 너만 할 수 있는 일이기도 해. 아무것에도 관심이 없다는 것은 모든 것에 관심이 있다는 얘기하고 비슷해. 모든 것에 관심을 기울이는 것은 쓸데없는 일인데 그런 쓸데없는 공부가 인문학이고 그런 걸 공부하는 데가 대학이야. 그러니 너는 대학에 가보려무나. 대학 졸업장을 간판 삼아서 대기업 같은 데에 취직할 거 아니라면 좋은 대학 가려고 재수할 필요도 없고 좋은 대학 들어갈 필요도 없어. 아무 대학이나 가. 거기서 찾아봐."

"인문학?"

"응. 공부해봐."

"삼촌, 근데……"

"응?"

"인문학이 뭐야?"

명호씨의 얼굴을 보니 이 무식한 놈아, 라고 소리치고 싶은 것을 참는 것이 역력한 표정이었다. 명호씨는 지금까지의 분위기를 깨뜨리고 싶지 않았는지 군더더기 없이 대답했다.

"간단히 말하자면 인문학이란 인간과 인간의 문화에 관심을 갖거나 인간의 가치와 인간만이 지닌 자기 표현 능력을 바르게 이해하기 위한 연구에 관심을 갖는 학문 분야야."

"그게 뭐가 간단해. 복잡하기만 하네. 인간이 뭐가 어쨌다고?"

명호씨는 한번 더 참았다.

"더 간단히 말하자면, 문학이나 철학 역사 같은 것들이지."

"뭐야. 별것도 아니잖아. 진작에 그렇게 말해야지."

명호씨는 헛웃음을 웃고는 다시 말했다.

"혹시 또 알아. 나중에 네가 글을 쓰게 된다면 도움이 될지."

"글? 내가 글은 무슨 글을 써?"

"지금도 쓰고 있잖아. 야설."

으악. 순간적으로 내 얼굴은 하얗게 질렸을 것이다. 비밀 중에서도 일급 비밀인데 명호씨가 그걸 어떻게 알았을까.

"걱정 마. 아무에게도 말하지 않을 테니까. 특히 서영이에게는."

"삼촌이 그걸 어떻게 알았어? 내 컴퓨터 뒤진 거야?"

내 목소리가 높아졌다. 아무리 삼촌이라도 숨기고 싶은 것이 있는데 이건 좀 너무했다. 하지만 명호씨의 대답은 나를 맥빠지게 만들었다.

"네가 준 CD에 있더라."

으으. 야한 파일들을 다 지우기 전에 명호씨에게 넘겨준다며 CD에 받아놓을 때 파일별로 카피하지 않고 폴더를 한꺼번에 카피하는 바람에 실수로 딸려들어갔나보다. 그런 실수를 하다니.

인터넷에 야설을 올린 것은 최근의 일이었다. 몇몇 섹스 사이트에 실려 있는 야설들을 보면 터무니없이 한심한 글들이 많아서 차라리 내가 써도 이보다는 낫겠다 싶어 장난삼아 써서 올려보았다. 나중에 게시판에서 지우기는 했지만 문서 파일을 지우는 것을 깜빡했다. 문제는 그 글에 내 이름과 서영이 이름이 실명으로 등장한다는 것이다. 서영이가 이 사실을 알게 되면, 그 글을 알게 되면 나는 최하 사망일 터였다. 아니 명호씨가 그 글을 봤다는 사실만으로도 나는 죽고 싶은 심정이었다.

"허, 걱정 말라니까. CD 돌려줄 테니까 다 지워버려."

내 얼굴이 어지간히 안된 표정이었나보다. 다른 때 같았으면 더 약을 올렸거나 했을 텐데 말이다.

"준호야, 그런데 말이다. 내가 보기엔 네 글은 매우 난삽하고 거칠기는 하지만 생생한 뭔가가 있는 것 같아. 그리고 쓰면서도 재미있어했을 것 같은 글이야. 잘 살려보면 네 속에 숨어 있는 뜻밖의 재능을 발견할지도 몰라. 야설과 소설은 한 끗 차이야. 로렌스의 『채털리 부인의 사랑』도 처음 나왔을 때는 야설 취급을 받았잖냐. 그런데 한 끗 차이이긴 하지만 그 한 끗의 간격은 상당히 넓을지도 몰라. 네게 인문학 쪽으로 공부해보라는 얘기는 그 간격을 메워보는 노력을 해보라는 말이야. 그런 공부는 영어단어나 수학공식 외우듯 해서는 안 되는 거야. 읽고 고민하고 사색해야지. 그런 게 진짜 공부야. 너는 공부를 싫어한다고 생각하겠지만 사실 제대로 된 공부를 해본 적도 없잖아. 대학에 가서 제대로 된 공부를 한번 해보는 것도 좋지 않겠어?"

대꾸할 말이 없었다. 뭔가 좋은 내용의 이야기일 텐데 나는 빨리 자리를 벗어나고 싶을 따름이었다. 명호씨는 담배를 비벼 끄고는 일어났다.

"뭐, 꼭 그러라는 건 아니고 한번 생각해보라는 얘기야."

명호씨가 내 방에서 나간 후에 한번 생각해보았다. 해가 바뀌면 나는 스무 살이 될 것이다. 어쩌면 대학생이 될지도 모르지만 거리의 백수가 될지도 모르는 일이고 재수생이 될지도 모른다. 그래도 여하간 스무 살이 될 것이다. 스무 살이 되면 길거리에서 담배를 피운다고 누가 뭐라고 하지도 않을 것이며 여자친구와 섹스를 한다고 해도 누가 뭐라고 하지 않을 것이다.

그러나 스무 살이 되고 싶지 않다. 내가 하고 싶은 무언가를 찾는

것이 두렵다. 찾아보았자 아무것도 없을 것 같다. 솔직히 말하자면 섹
스를 하는 것도 사실은 조금 두렵다. 아무것도 없을 것 같다는 생각이
들어서이다. 그리고 무엇보다도 스물이 되는 그 자체가 두렵다. 스물
이 되어봤자 아무것도 없을 것 같다. 그냥 이대로, 언제까지나 열아홉
일 수는 없을까.

진심

*

명호씨가 갑자기 바빠졌다. 하루 종일 집 밖에 나가 있는 날이 늘었다. 집에 들어와서는 곧바로 잠에 빠져드는 것 같았다. 늘 집에만 있던 사람이 갑자기 보이지 않으니 허전하기도 했다. 숙경씨에게 물어보았다.

"삼촌, 요즘 바쁜가봐?"

"응, 사업 하나 하려고 한댄다."

"사업? 무슨 사업? 벤처라도 하나 차리겠대?"

"벤처? 명호가 하면 뭐든지 벤처가 될 거야. 뭘 해도 모험일 테니 말이다."

"정말 벤처기업 한대?"

숙경씨가 웃었다.

“농담도 못 하겠네. 가게 하나 내고 싶다면서 도와달라고 하더라.”

“무슨 가게? 헌책방 하면 딱이겠다. 삼촌 책들만 매장에 내놓고 팔아도 될 텐데. 아니면 기원 차려도 되겠다. 삼촌 바둑 잘 두잖아.”

“아무 경험도 없는데 설마 헌책방을 차리기야 하려고. 요즘 바쁘게 돌아다니는 게 무얼 차릴지 알아보는 거겠지. 그런데 너는 요즘 뭐 하고 지내? 이제 슬슬 원서 쓸 때지? 어떻게 할지 생각은 좀 해봤어?”

말로는 괜찮다고 했지만 역시 숙경씨는 내 대학 진학이 어지간히도 신경 쓰이는 모양이었다. 아무래도 대학도 못 간 아들을 매일 봐야 하는 것은 숙경씨로서도 그리 반가운 일은 아닐 것이다. 이렇게 지나가듯 툭 던지는 말이 더 무섭다. 더 무서운 말이 나오기 전에 선수를 쳐보았다.

“아직 모르겠어. 이런 거는 진작에 다 결정해놔야 하는 거겠지만, 아직까지 대학을 가야 될지 말아야 될지도 제대로 정하지 못해서 미안해. 그런데 정말 나 대학 안 가고 미용학원 같은 데 가도 괜찮겠어? 아니, 미용학원도 안 가고 다른 데 취직도 안 하고 그냥 집에만 있어도 괜찮겠어?”

숙경씨는 리모컨을 집어들고는 전원 버튼을 눌러 티브이를 꺼버렸다. 그러고는 내 쪽으로 몸을 돌려 앉았다.

“네가 한 제일 큰 효도가 뭔지 알아?”

무슨 얘기를 하려고 난데없이 효도 타령일까. 나는 조심스럽게 되물었다.

“뭔데?”

“네가 태어나서 20년 동안 내 옆에 있었다는 거야.”

"그게 무슨 효도야. 군식구 하나 늘어버린 거잖아. 나 때문에 엄마
는 하고 싶은 것이 있어도 제대로 못 했을 거 아냐."

숙경씨는 정색을 하고 말했다.

"너를 가진 후에 내가 하고 싶었던 유일한 것은 너를 낳는 거였고,
네가 태어난 후에 내가 하고 싶었던 것은 너를 예쁘게 키우는 거였거
든. 너를 대학생 만들고 싶어서 낳은 것도 아닌데 이제 와서 네가 대
학에 가지 않는다고 뭐라고 할 생각은 없어. 너는 세상에 나와서 여태
까지 별탈 없이 건강하게 자라주었으니 이미 네 할 도리는 다한 거야.
대학 따위가 뭐 대단한 거라고 거기 가지 않는다고 뭐라고 하겠니. 나
도 대학에 가지 않았는데, 네가 언제 대졸 엄마 아니라고 불평한 적
있었어? 나도 마찬가지야. 네가 대학생 아들 아니라고 뭐라 하지 않
을 테니 하고 싶은 것을 해."

숙경씨가 갑자기 진지한 표정으로 진심을 담아서 얘기하니 나는 왠
지 감동되는 듯한 느낌이 들었다. 그런데 감동이라는 것은 왜 꼭 어색
함을 동반하는지 모르겠다. 괜히 얼굴이 달아오르는 것 같았다. 쑥스
러움을 숨기기 위해 짐짓 말을 돌려보았다.

"근데, 엄마."

"왜?"

"엄마는 왜 결혼 안 해?"

"쫓아다니는 남자들이야 많았지만, 돈 벌고 하나밖에 없는 아들 키
우느라 바빠서 못했지. 지금이라도 바로 해버릴까?"

나 역시 정색을 하고 진심을 담아서 진지하게 대답했다.

"응."

숙경씨는 활짝 웃더니 내 등을 토닥토닥 두들기며 말했다.

"우리 아들, 다 컸네. 엄마 생각도 하고. 이런 이쁜 아들 두고 결혼했다가 이상한 놈팡이 걸려서 아빠랍시고 너를 성가시게 하면 어떻게 하지? 결혼하지 말고 우리 그냥 이대로 살까?"

나는 실로 오랜만에 엄마 품으로 기어들어가며 조금 전보다 훨씬 더 진심으로 대답했다.

"응."

만홧가게

*

　명호씨가 사장님이 되었다. 오늘이 개업식이었다. 명호씨의 사장 취임이 나로서는 마냥 기분 좋기만 한 것은 아니었다. 집에 숙경씨가 없는 것보다 명호씨가 없는 것이 더 휑한 느낌이었다. 그리고 조금 의아하기도 했다. 지난밤에 명호씨에게 물어보았다.

　"삼촌, 내가 이렇게 물어본다고 해서 기분 나쁘게 생각하면 안 돼."

　"뭘 물어보려고?"

　"삼촌은 말이지, 서울대 법대 나와서 고작 만홧가게 하면 기분 이상하지 않아? 만홧가게가 우습다는 얘기는 절대로 아니야. 그런데 신문에 나오는 장관이나 국회의원들 약력 보면 거의 다 서울대 법대 졸업이라고 되어 있잖아. 서울대 법대 나오면 뭔가 거창한 거 해야 되는 거 아냐? 그런 거하고 만홧가게하고는 매치가 잘 안 되는 거잖아."

명호씨는 빙그레 웃었다.

"사실은 말이지. 내 어릴 적 꿈이 만홧가게 주인아저씨였어."

"정말?"

"응. 옛날에는 만홧가게들이 다 흙바닥이었거든. 사람들이 하도 많이 앉아대서 반질반질해진 좁고 긴 나무의자에 앉아서 봤지. 20원, 30원 들고 가서 만화를 보곤 했는데 만홧가게 주인아저씨는 매일 마음껏 만화도 보고 얼마나 좋을까 하는 생각을 했지. 그리고 길거리 쪽으로 창을 내서 떡볶이 같은 걸 팔기도 했는데 참, 그게 얼마나 먹고 싶던지. 그런데 뭐 사 먹으면 만화를 덜 보게 되니까 사 먹지도 못했고."

"그래도 공부한 게 아깝지 않아? 만홧가게 주인은 아무나 할 수 있지만 법 공부는 아무나 할 수 있는 건 아니잖아."

"넌 공부 잘하는 애들이 부러워?"

"별로 부럽지는 않은데, 부럽기도 해."

"그거, 막상 당사자들한테는 꼭 좋기만 한 일은 아니야."

하긴 그럴지도 모른다. 당장 경식이만 해도 내가 잘생겼다고 부러워하기도 하지만 막상 나로서는 좋기만 한 일은 아니니 말이다. 명호씨는 담배를 피워물고는 말을 이었다.

"나는 말이지, 고등학교 때 미대 가고 싶어했어."

"정말?"

"응. 하지만 공부를 잘했거든. 공부를 잘했다기보다 시험 보는 요령이 상당히 좋은 편이었거든. 좋아도 너무 좋았지. 그래서 성적이 꽤 좋은 편이었고. 공부만 못했어도 미대에 갔을 텐데 괜히 공부를 잘해서 법대에 갈 수밖에 없었던 거야."

"왜? 가고 싶은 데 가면 되는 거잖아."

"그게 꼭 그렇지만도 않아. 내가 미대 가겠다고 하자 네 외할머니가 당장 머리 싸매고 드러누우셨거든. 판검사 할 놈이 환쟁이가 다 뭐냐고. 게다가 학교 선생들도 매일 나를 불러대서 귀찮게 했고. 하도 시달리다 못해 나중에는 결국 포기했지."

"그럼 할머니 돌아가셨을 때 미대 가면 되는 거였잖아. 아니, 지금이라도 미대 가면 되잖아. 요즘은 나이 많이 들어서 대학 가는 사람들 많다던데."

"그럴 수도 있겠지만, 어머니 돌아가셨을 때도 그렇고 지금도 그렇고, 새삼스럽게 미대 갈 생각은 없어."

"왜? 하고 싶었다면서."

"뭐든지 하고 싶었던 그때에 해야 되는 거야. 시간이 지나면 왜 하고 싶었는지 잊어버리게 되거든. 나한테 미대는 그래. 이제 와서 가면 뭐하나 하는 생각이 들기도 하고, 고등학교 때처럼 강렬하게 가고 싶은 생각도 없고 말이지. 뭔가 하고 싶은 생각이 들었을 때 하지 못하면 나중에는 왜 하고 싶었는지에 대해서조차 잊어버리게 되거든. 자꾸 그러다보면 결국에는 하고 싶은 것이 없어져버려. 우물이라는 것은 퍼내면 퍼낼수록 새로운 물이 나오지만 퍼내지 않다보면 결국 물이 마르게 되잖니. 그런 것처럼 욕구라는 것도 채워주면 채워줄수록 새로운 욕구가 샘솟지만 포기하다보면 나중에는 어떤 욕구도 생기지 않게 되어버리는 거야. 그러니 너도 쉽지야 않겠지만 하고 싶은 것을 자꾸 만들어서 해봐."

열심히 얘기하는 명호씨에게는 안된 얘기겠지만, 지금 내가 하고 싶은 것이라면 서영이와 섹스하는 것밖에 없다.

"섹스도 하고 싶을 때 하지 않으면 나중에는 하기 싫어져?"

명호씨가 눈을 치켜뜨며 혀를 찼다.

"어이구, 이 녀석아. 너는 피가 되고 살이 될 만한 얘기들을 꼭 개밥으로 만들어야 직성이 풀리나보구나."

*

명호씨가 개업한 만홧가게는 마치 카페처럼 깔끔하고 분위기 있는 곳이었다. 한쪽 구석에는 컴퓨터들을 갖다놓고 인터넷 접속을 할 수 있게 해놨다. 아지트로 삼고 노닥거리기에는 더할 나위 없이 좋은 환경이었다. 설마 조카에게 돈을 받겠는가. 나는 기쁜 마음으로 명호씨의 개업을 진심으로 축하했다.

"삼촌, 축하해."

"삼촌, 저도 축하드려요."

옆에서 서영이가 명호씨에게 꽃을 내밀었다. 내가 빈손으로 오는 것을 뻔히 알면서도 자기가 줄 꽃만 사다니. 다행히 영석이와 경식이는 나처럼 빈손으로 왔다. 기특한 녀석들이었다.

"고맙다. 종종 놀러 와라."

"그럼요."

"삼촌, 우리는 공짜로 만화 볼 수 있는 거예요?"

경식이 녀석이었다. 역시 녀석도 제일 관심이 가는 것은 그 대목이었다. 그렇다고는 해도 개업하는 날에 감히 그런 말을 하다니. 명호씨가 대답하기 전에 내가 먼저 가로막았다.

"안 돼, 인마. 특히 너는 아예 입장불가야."

"왜 내가 입장불가야?"

"물이 좋아야 여자 손님들도 많을 텐데 네가 오면 물이 흐려져. 괴기 호러 엽기 만홧가게라고 소문날 거야."

경식이가 뭐라고 대꾸하기 전에 명호씨가 나섰다.

"공짜로 보고 싶으면 아르바이트를 하는 건 어때? 그렇지 않아도 아르바이트생 구인 광고를 내야 하는데."

명호씨의 얘기가 끝나기도 전에 서영이가 재빨리 말을 가로챘다.

"와, 삼촌, 그 아르바이트 제가 할래요."

"서영이는 바쁘지 않겠어?"

"일단 당분간은 괜찮아요. 저 일 잘해요. 절 뽑아주세요."

서영이가 하면 나도 해야 된다. 그러면 매일 볼 수 있다.

"삼촌, 나도 할래."

"둘씩이나 필요한 건 아닌데. 시간대를 다르게 해서 할까?"

다른 시간대면 서로 엇갈릴 테니 할 필요가 없다. 나는 머뭇거리지 않고 곧바로 말했다.

"그럼 나는 안 할래."

명호씨는 혀를 찼다.

"이 녀석은 그저 서영이랑 놀고만 싶어서."

가게를 나오면서 서영이가 말했다.

"삼촌, 참 멋있는 사람 같아. 그거 하나는 정말 부러워. 그런 삼촌이랑 같이 살고 있다니."

나도 서영이 말에 전적으로 동의하는 바였다.

"응. 명호씨, 근사한 사람이지."

한마디 덧붙였다.

"그런 의미에서 한번 하자."

그러나 서영이는 내 말에 '전적으로' 동의하지 않았다.

"그런 의미는 무슨 얼어죽을 그런 의미야. 싫어, 인마."

고독, 그리고 비밀

나는 갑자기 고독해졌다. 아무리 옆에 사람들이 많다 하더라도 어느 순간에는 느낄 수밖에 없는, 인간이란 결국 혼자일 수밖에 없다는 존재 본연의 고독감을 폐부 깊숙이 느꼈다거나 하는 것은 아니었고, 간단히 말해서 같이 놀 사람이 없어져서 혼자서 처량하게 놀아야 하는 신세가 되었다는 것이다.

경식이는 느닷없이 중장비 학원에 다니고 있다. 대학에 갈 수 있을지는 아직 모르지만 만약 대학에 가게 되면 굴착기로 땅 파는 아르바이트 같은 것을 하면 상당히 짭짤한 편이니 어렵지 않게 학비를 벌 수 있을 테고, 또 대학에 떨어지게 되면 군대 가기 전까지 직업으로 삼으면 된다는 얘기였다. 얘가 드디어 철이 들었나 싶었지만 녀석은 기어이 본심을 털어놓았다.

"인마, 원래 중장비 기사가 여자들한테 인기가 좋은 법이야. 터프하거든."

특차 모집은 끝났지만 일반 모집은 아직 원서도 내기 전인데 영석이는 원서를 사러 가는 대신 재수하기로 결심했다면서 단과학원으로 갔다. 영석이를 단과학원에 보낸 것은 어쩌면 서영이였는지도 모르겠다. 서영이가 특차에 붙어버린 날 밤에 영석이는 나와 술을 마셨다. 영석이는 자못 비장하게 말했다.

"나, 재수할 거야. 내년에 꼭 서울대 가고야 말 거야."

"그래라."

녀석에게 배부른 소리 그만하라고 말해주고 싶었지만 말해보았자 녀석의 귀에는 들어가지 않을 것이었다. 사람은 어차피 자기 기준대로 살아가게 마련이다. 재수, 삼수를 해서라도 일류대에 가야만 하는 사람은 그렇게 살 수밖에 없을 것이다. 영석이는 그날 늦게까지 술을 마셔댔다. 덕분에 서영이는 대학에 합격한 날에 남자친구와 같이 합격의 기쁨을 누리지 못했지만 그 정도는 감수해야 하는 것이 인간된 도리일 것이다. 다음날 영석이는 바로 단과학원으로 달려갔다. 녀석은 이제 벌써부터 또 그 지겨운 종합영어니, 정석수학이니 하는 것들과 씨름하고 있을 것이다.

서영이는 명호씨가 사장으로 있는 업체에서 아르바이트를 하느라 바쁘다. 개업 초기라서 그런지 할 일이 많은 것 같았다. 시키지도 않은 일을 만들어서 하고 있으니 바쁠 수밖에 없을 것이다. 광고 전단지를 수백 장이나 만들어서 여기저기 돌린다거나, 인터넷 지역정보 사이트에 가게 정보를 올린다거나, 만홧가게 이름으로 만화 사이트에 만화평 따위를 올린다거나 하는 일들을 명호씨가 시킬 리는 없다. 그렇게 초과 노동을 해댄다고 월급 더 주는 것도 아닐 텐데 거기에 대한

항의의 표시인지 내가 만홧가게에 가면 나를 이리저리 부려먹으려고
만 한다.

　명호씨도 역시 아르바이트생을 착취하는 악덕업주는 되지 않기로
작심했는지 매일같이 일찍 나가서는 밤늦게 들어온다. 아침에 조금만
늦게 일어나보면 집에는 나밖에 없다. 자주 혼자 아침을 먹었고 혼자
점심을 먹었으며 혼자 저녁을 먹었다. 티브이에서는 연말이랍시고 연
일 들뜬 분위기를 조성하고 있었다. 연말연시를 가족과 함께 조용하
게 보내자는 공익광고가 끝나기가 무섭게 화려하고 요란한 쇼 프로그
램들이 연이어 방송되었다. 텅 빈집에서 혼자 밥을 먹으면서 연말 특
집 프로그램을 보다보면 내 속에는 어느새 고독이 들어와 있었다. 밤
늦게 들어온 명호씨에게 말해보았다.
　"삼촌, 나 고독해."
　명호씨의 대답은 간단했다.
　"그런 건 심심하다고 하는 거란다."
　그러고는 한마디를 덧붙였다.
　"네가 아무것도 하지 않으면 앞으로는 더 심심해질 거야."

　모두들 바쁘게, 열심히 살고 있는 모습을 보는 것이 나쁠 리야 없지
만 이제는 조금씩 서로 다른 길로 접어들고 있다는 느낌에 어쩐지 쓸
쓸하기도 했다.

　나는 요즘 주로 명호씨의 방에서 시간을 보낸다. 그 방이 이것저것
구경거리가 많아서 내 방보다는 덜 지루하기 때문이다. 문득 명호씨

가 더욱 존경스러워졌다. 아무것도 하지 않고 있자니 이렇게 심심한데 명호씨는 그 일을 10년간이나 해냈으니 존경하지 않을 수가 없다. 책 제목만 주욱 읽어나가도 제법 시간이 지나갈 만큼 온통 책으로 가득한 그 방에서 이쪽저쪽으로 뒹굴거려본다. 이쪽으로 뒹굴어봐도 심심하고 저쪽으로 뒹굴어봐도 심심하다. 앉아 있어도 심심하고 서 있어도 심심하다. 인터넷에 들어가도 심심하고 게임을 해도 심심하기만 하다. 뭘 하면 심심하지 않을까 하고 생각하는 것조차도 심심하다.

멍하니 앉아서 흥얼거려본다. 아마 나는 아직은 어린가봐, 그런가봐, 엄마야, 나는 왜 갑자기 슬퍼지지. 엄마야, 나는 왜 이렇게 심심하지. 그러고는 문득 생각해본다. 가을빛 물든 언덕은 어디에 있을까. 나는 어디로 갈까.

*

진정 고독한 이는 독서와 사색을 즐기는 법이다. 책은 고독한 이의 벗이다. 그리고 심심한 것보다는 고독한 것이 근사해 보인다. 그리하여 나는 고독해지기로 했다. 명호씨의 책장에서 책 한 권을 빼내어 읽어보았다. 다 읽은 후에는 그 옆의 책을 빼내어 읽었다. 책을 읽는 것은 즐거운 일이었다. 주옥같은 세계명작들이 너무 많았다. 나는 독서에 빠져들었다.

로렌스의 『채털리 부인의 사랑』을 읽었고 아폴리네르의 『돈 주앙』을 읽었으며 폴린 레아주의 『오양의 이야기』를 읽었다. 조르주 바타

유의 『눈 이야기』와 헨리 밀러의 『북회귀선』과 아나이스 닌의 『작은
새』와 알베르토 모라비아의 『중국 레스토랑의 정사』와 시모의 『릴라
는 말한다』와 사드의 『소돔 120일』과 마조흐의 『모피를 입은 비너스』
와 『금병매』와 『소녀경』과 『홍루몽』과 기타등등 기타등등의 책들이
같은 칸에 꽂혀 있었다.

　명호씨가 책들을 주제별로 분류해둔 덕분에 괜히 쓸데없이 골치 아
픈 책들을 읽다가 집어던지는 시행착오가 별로 없었다는 것이 고마운
일이었다. 시행착오라면 이런 것이다. 『채털리 부인의 사랑』 옆에 꽂
혀 있던 책은 『아들과 연인』이었는데 『채털리 부인의 사랑』보다 훨씬
두꺼웠다. 그렇다면 야한 대목이 얼마나 더 많이 나올까 하는 기대를
가지고 『아들과 연인』을 끝까지 읽은 후 나는 배신감에 치를 떨었다.
세상에, 그 두꺼운 책에 야한 대목이 단 한 번도 나오지 않다니. 그리
하여 나는 『북회귀선』은 읽었지만 『남회귀선』은 읽지 않았다. 사실
『남회귀선』이 야하지 않을까봐 읽지 않은 것은 아니었다. 『북회귀선』
을 읽어보니 야한 부분이 제법 있기는 했으나 그런 대목이 나올 때까
지 읽어가기가 쉽지 않았다. 그러다보니 야한 부분에서도 별로 감흥
이 느껴지지 않았다. 확실하게 야하면 주저없이 읽을 테고 확실하게
어려우면 아예 손도 대지 않을 텐데 이도 저도 아니면 나 같은 독자를
기만하는 것에 다름아니다. 소설을 그런 식으로 헷갈리게 써서야 되
겠는가.

　책이야 시간을 때우기 위해 읽는 것인데 기왕 시간을 때울 바에는
심오한 책보다는 재미있는 책이 더 좋다. 그리고 재미라고 한다면 뭐
니 뭐니 해도 야한 것만큼 재미있는 것이 또 있겠는가.

밤늦은 시간에 침대에 비스듬히 누워서 『에로 판타지아』를 읽고 있는데 명호씨가 불쑥 내 방으로 들어왔다.

"너, 요즘 주로 무슨 책들을 보냐?"

"어, 세계명작소설들을 읽고 있어."

명호씨는 내 손에 들린 책을 보더니 피식 웃었다.

"책 고르는 거 하고는…… 그래, 세계명작소설들 뭐뭐 봤어?"

"대충 이것저것 봤어. 삼촌, 근데 말이지……"

나는 침대에서 일어나 앉았다.

"이런 책들이 왜 세계명작인 거야?"

"궁금해? 그걸 알고 싶으면 인문학적 소양을 쌓아보렴. 야한 소설들만 보지 말고 다른 책들도 좀 읽어보고 말이지."

젠장, 또 인문학적 소양이다. 그놈의 인문학적 소양을 쌓으면 야설을 써도 명작이 되나보다. 나는 볼멘소리로 대꾸했다.

"그럼 내가 인문학적 소양만 쌓으면 내가 쓴 야설도 소설이 되는 거야?"

명호씨는 또 웃음을 흘렸다. 이번에는 싱긋.

"너, 전에 썼던 야설, 지워버렸냐?"

"갑자기 그건 왜?"

"그 글 고쳐보는 건 어떨까?"

"어떻게?"

"일단 '지'로 끝나는 단어가 있는 문장을 다 지워봐."

"그리고?"

"남은 것 가지고 앞뒤를 맞추어서 제대로 된 스토리로 만들어봐. 그리고 어느 정도 얼개가 갖춰지면 그다음에 꼭 필요한 대목에만 야한 묘사를 집어넣어보렴."

흠, 그거 재미있겠다. 이왕 고칠 바에는 주인공들의 이름도 바꾸어 봐야겠다. 준호나 서영이라는 이름 대신 그, 그녀를 쓰면 더 폼나겠다. 필요한 대목만 야하게 하라고? 그렇다면 그와 그녀가 왜 섹스를 해야 하는지가 관건이겠군. 섹스를 해야만 할 것 같은 상황들을 만들어봐야겠다. 그런데 남자와 여자는 어떤 상황에서 섹스를 하는 거지? 어, 내가 읽은 소설들이 다 남자와 여자가 줄기차게 섹스하는 소설들이었는데 그 소설들에서는 왜 섹스를 했던 거지? 젠장, 하나도 생각나지 않는군.

나도 모르게 이런저런 생각에 빠져 있다가 흘낏 명호씨를 쳐다보니 명호씨는 내 속을 훤히 알고 있다는 듯한 얼굴로 웃음을 머금고 있었다. 갑자기 명호씨의 그런 표정이 싫어졌다. 일부러 통명스럽게 말했다.

"고치긴 뭘 고쳐. 그거 이미 지워버린 지 오래야. 삼촌, 안 피곤해? 빨리 가서 자라. 나도 이제 잘래."

얼마의 시간이 지난 후 나는 방문을 열고 살금살금 나가서 명호씨의 방에 불이 꺼져 있음을 확인하고 내 방으로 돌아왔다. 천장의 형광등을 켜지 않은 채로 컴퓨터를 켜고 미처 지우지 못했던 야설 파일을 열었다. 왠지 설레는 듯도 했고 어쩐지 머쓱하기도 한 느낌이었다. 다시 일어나 방문을 꼭 걸어잠근 후에 키보드 앞으로 바짝 다가앉았다.

"'지'로 끝나는 단어가 있는 문장들을 우선 지우랬지. 이거 원, 그 문장들 다 지워버리면 3분의 1도 안 남겠구나. 자, 어디 시작해볼까."

그 뒤에 내가 얼마나 열심히 그 작업에 매달렸는지, 새로 고친 결과는 어떠했는지 하는 것들은 모두 비밀이다. 수정을 마친 후 문서 파일에 난해한 비밀번호를 걸어놓았다. 명호씨가 아무리 내 컴퓨터를 뒤져도 그 문서만은 절대로 열지 못할 것이다. 명호씨에게 새로 고친 글을 보여줄 생각은 털끝만큼도 없다. 수정 작업을 했다는 사실도 비밀이다. 이 일은 서영이에게도 말하지 않을 작정이다. 오직 자신밖에 모르는 비밀 하나쯤은 갖고 있어야 근사해 보이는 법이다.

그러나 혹시 또 모르는 일이다. 나중에라도 정말 번듯한 글로 고쳐진다면 문서 파일에 걸어놓은 비밀번호를 슬며시 없애버리게 될지, 어떨지.

살아 있다는 것

*

나는 심각한 표정을 짓고는 심각한 어조로 말했다.

"이거, 꽤 심각한 상태인걸."

서영이가 걱정스러운 표정으로 물어보았다.

"정말? 그러면 어떻게 해야 되는데?"

나는 목에 힘을 잔뜩 주고 단호하게 대답했다.

"시스템을 다시 까는 수밖에 없어."

내가 서영이보다 잘하는 것이 있다면 아마 컴퓨터밖에 없을 것이다. 아니, 사실 꼭 그렇지도 않다. 고작해야 인터넷 섹스 사이트 서핑이나 더 잘하는 정도일까. 하지만 서영이가 바이러스에 감염되었는지 컴퓨터가 이상하다고 했을 때 나는 내가 고쳐주겠다고 큰소리를 탕탕 쳤다. 놀아주는 사람이 도무지 없는 때인지라, 컴퓨터에 대해 아무것도 모른다 하더라도 일단 무조건 달려왔겠지만 사실 믿는 구석이 전혀 없는 것은 아니었다.

컴퓨터라면 영석이가 아주 잘 알고 있었다. 녀석은 이미 전문가급일 것이다. 그 실력 가지고 컴퓨터 관련 학과나 갈 일이지 뭐하러 법대 가겠다며 문과로 왔는지 모를 일이었다. 게다가 녀석처럼 술을 마신 후에는 노상방뇨를 일삼고 맨정신일 때에는 무단횡단을 일삼는 사람이 법관이 된다면 우리나라 법조계의 앞날은 어두워질 것이다. 여하튼 영석이 말에 따르자면, 컴퓨터가 말을 안 들을 때 가장 좋은 방법은 껐다가 켜는 것이었다. 다른 것들은 다 필요없단다. 이런 식이다.

"영석아, 갑자기 치명적 오류라는 말이 뜨면서 컴이 먹통이 됐어. 어떻게 해야 되냐?"

"윈도 버그일 거야. 껐다 켜."

"에러 메시지가 계속 뜨는데?"

"윈도 내에서 프로그램들이 충돌했을 거야. 껐다 켜."

"갑자기 키보드가 안 먹혀."

"가끔 그런 경우가 있어. 껐다 켜."

"껐다 켰는데도 먹통이야. 이건 어떻게 해?"

"다시 껐다 켜."

그리고 여러 차례 껐다가 켜도 해결이 안 되는 문제들은 시스템을 다시 깔아버리는 것이 가장 간단하다고 했다. 이 경우에도 다른 것들은 다 필요없단다. 그래서 나도 윈도 CD를 들고 컴퓨터를 고쳐주겠다며 당당하게 서영이네 집으로 온 것이었다. 그런 상황이었으니 서영이 컴퓨터가 왜, 어디가, 어떻게 잘못되었으며 어떻게 복구해야 되는지에 대해서 알 리가 없었다. 어떤 종류의 고장이건 간에 윈도를 다시 깔아버릴 작정이니 사실 알 필요도 없었다.

"하드에 중요한 것들 많아? 다 지워져버릴 거야."

"웬만한 글들은 다 인터넷 게시판에 올린 것들이라 그 사이트들에 가서 다운받으면 되기는 하지만 그래도 잃어버리면 안 되는 문서 파일들도 많은데……"

나는 다시 목에 힘을 주었다. 서영이 앞에서 큰소리치는 것은 실로 모처럼의 일이었다.

"그러니까 평소에 백업하는 습관을 길러뒀어야지. 지금까지야 어쩔 수 없다고 해도 앞으로라도 잘해."

다시 시스템을 깔기 전에 하드를 백업할 수는 없냐느니 하는 난해한 얘기들이 나오기 전에 재빨리 윈도 CD를 넣고 부팅을 시켜버렸다.

"이제 다 된 거야?"

"응. 웬만한 프로그램들은 인터넷 들어가서 다운받아서 써. 익스플로러하고 한글 프로그램은 내가 깔아주고 가마."

"야, 네가 쓸모 있는 구석이 다 있구나."

나는 어깨를 한껏 폈다.

"뭘, 보통이지."

*

서영이 엄마는 진주에 가셨다고 했다. 서영이가 특차에 합격했으니 안심하고 내려가셨을 것이다. 비록 집에 어른이 계시지 않는다고는 해도 커피만 마시고 집에 갈 생각이었다. 가볍게 키스할 때까지만 해도 그랬다. 굿나잇 키스만 하고 집에 갈 생각이었다. 그러더니 점점 깊은 키스가 되어버렸지만 그때만 해도 키스하고 나서 멋있는 뒷모습을 보여주며 집에 갈 생각이었다. 그랬던 것이 어떻게 하다보니 서영이 침대 위에 나란히 누워 있게 되어버렸다. 그러자 집에 가고 싶은 생각이 사라져버렸다. 길고 긴 키스가 끝나고 아니, 잠시 멈추고 서영이에게 물어보았다.

"콘돔 없는데, 나가서 사올까?"

서영이는 여전히 눈을 감은 채로 내 목에 팔을 감고는 대답했다.

"아니, 오늘은 괜찮은 날이야."

놀고 있네, 같은 대답이 나오려니 생각했는데 의외의 대답이었다. 살다보니 이런 날이 다…… 오, 하느님, 매우 특별히 감사합니다. 나는 몸을 일으켜 불을 끄고는 다시 서영이 옆에 누웠다.

이번에는 그리 어렵지 않게 서영이의 옷을 벗길 수 있었다. 곧바로 내 옷가지들도 방바닥으로 떨어졌다. 지난번의 전철을 밟지 않을까 걱정되었다. 서두르지 말자고 되뇌이며 천천히 입구를 찾아 들어갔다. 서영이도 달아올라 있었는지 몸을 열어 호응해주었다. 약간의 시행착오를 거친 후에 어느 지점에 다다르자 느낌이 왔다. 눈앞이 환해지는 것 같았다. 바로 여기구나! 조금 전과는 또다른 종류의 흥분이 몸을 휘감았다. 복잡한 라비린토스가 이제는 곧게 뻗은 아우토반으로 펼쳐진 것이다. 십몇 센티만 더 들어가면 젖과 꿀이 흐르는, 기쁨으로 가득한 새로운 세상이 나타날 것이다. 그러나 막상 입구를 찾게 되자 내가 먼저 걱정이 되었다. 정말 들어가도 되는가. 그리고 이 문을 넘어서면 과연 낙원이 있을까.

그 상태에서 몸을 낮춰서 속삭이듯 물어보았다.

"정말 해도 돼?"

어쩌면 나는 서영이가 지금이라도 안 된다고 해주기를 바랐는지도 모르겠다. 혹은 해도 된다는 서영이의 확인을 받고 싶었는지도 모른다. 어둠 속에서 향긋한 대답이 들려왔다.

"응."

서영이의 목소리와 함께 그녀의 숨결이 귓가에 닿자 갑자기 아득해지는 느낌이었다. 에라 모르겠다. 곧장 서영이 몸속으로 밀고 들어갔다. 머릿속이 하얗게 되는 것 같았다. 저절로 몸이 격렬하게 움직여졌다. 서영이의 입에서 비명인지 신음인지 모를 소리가 새어나왔지만 신경쓸 겨를도 없었다. 나도 알 수 없는 내 몸 안의 어떤 힘이 나를 마구 움직이고 있었다. 멈출 수 없었다. 어떤 걷잡을 수 없는 속도감이 몸을 휘감았다. 짧고 급격하게 치달아갔다. 여태까지 느껴본 적이 없는 느낌이 아주 잠깐 엄습해왔지만 그 느낌이 어떤 느낌인지 음미해볼 사이도 없이 갑자기 모든 것이 끝나버렸다. 이런이런.

아무것도 없었다. 끓어오르는 열정과 쾌락과 신음과 교성과 열락과 기쁨은 모두 포르노 안의 것이었다. 내 몫으로 남아 있는 것들은 적막과 쓸쓸함과 외로움과 허전함이었다. 이런 것이었구나. 섹스란 이런 것이었구나. 여자를 알고 어른이 된다는 것은 이런 것이었구나. 어른? 불과 몇 분 전까지만 해도 나는 어른이 아니었는데 지금은 어른이라고? 달라진 것이라고는 전에 느껴보지 못했던 쓸쓸함과 허탈감을 맛보았다는 것뿐인데 어른이 된다는 것이 이렇게 별볼일 없는 것이었단 말인가. 고작해야 이 정도인 것이었구나. 이따위에 불과했구나.

　나도 모르게 담배를 꺼내 피워물었다. 서영이 방에서 담배를 피우는 것이 좀 뭣하긴 했다. 하지만 뭔가 쓸쓸하고 헛헛하고 안타깝고 다소 속상하기도 한 복잡미묘한 것들이 속을 휘젓고 다니는 심정일 때 담배처럼 잘 어울리는 것이 또 무엇이 있다는 말인가. 아아, 그 수많은 영화들에서 섹스가 끝난 후 남자가 담배를 피워무는 이유를 드디어 알게 되었다. 그놈들도 해본 후에야 별게 아니라는 것을 깨달았던 것이다. 엇, 아니다. 나야 처음이라 몰라서 속았다지만 그놈들은 모르지 않았을 텐데 왜 속았다는 듯이 담배를 피울까. 섹스라는 것이 그렇게 알면서도 속아넘어가는 것인가. 어른의 세계란 알면서도 속아주는 혹은 속을 수밖에 없는 그런 세계란 말인가. 모르겠다. 커다랗게 심호흡하듯 담배연기를 아주 깊숙이 들이마시고 천천히 뿜어내었다.
　"좋았어?"
　"왜 그런 걸 물어보는데?"
　왜긴, 에티켓이기 때문이지.
　"그냥……"
　"말도 안 되는 주간지 많이 봤나보구나."
　서영이는 깔깔거렸다.
　"너부터 말해봐. 너는 좋았어?"
　"응."
　"좋다는 얼굴이 아닌데?"

“좋았다니까.”

“어이, 솔직하게 불어. 야단치지 않을 테니까.”

나는 하소연하듯 대답했다.

“몰라, 그냥 조금 화가 나. 왜 나는지도 모르고 무엇에 대해 화가 나는 것인지도 모르지만 어쨌든 오랫동안 사기를 당해왔다는 사실을 뒤늦게 깨닫는다면 이런 느낌일 것 같아.”

“별로였나보구나.”

“너는 어떤데?”

“나는, 음…… 하기 전에는 꽤 흥분되었던 것 같은데 막상 할 때는 아프기만 했어.”

“어, 그래? 아프다고 말하잖고.”

서영이는 어이없다는 듯이 피식 웃었다.

“말하면? 멈출 생각이기는 했어? 갑자기 무지막지하게 서두르는데 그걸 어떻게 말려. 어휴, 네가 그렇게 힘이 센 줄 몰랐다. 금방 끝나서 다행이야.”

“지금도 아파?”

“응, 조금……”

서영이한테 미안한 마음이 들었다. 오른손을 뻗어 서영이를 끌어안았다. 서영이는 내 팔이 끌어당기는 대로 내 품속으로 들어왔다. 왼손으로 감싸안고 끌어안은 팔에 힘을 주었다. 서영이가 내 몸속으로 잠겨드는 느낌이었다.

내가 그녀를 안고 있고 그녀가 내 품에 안겨 있다고 생각하니 갑자기 왠지 모를 뿌듯함이 밀려왔다. 갑자기 남자가 된 것 같은 기분이었다. 연약한 여자와 어린아이를 보호해주는 그런 남자 말이다. 엉뚱하게 설레기조차 했다. 서영이의 이마에 가볍게 입맞춤을 했다.

서영이가 내 귀에 대고 속삭였다.

"만져봐도 돼?"

"응."

힘을 잃고 작아진 페니스 위로 서영이의 손길이 다가왔다. 한동안 움직이지 않던 서영이의 손은 머뭇거리면서 천천히, 그리고 조심스럽게 내 페니스를 쓸어내렸다. 포르노에 나오는 여자들의 능수능란한 애무에 비한다면 서투르고 어색하기 짝이 없었다. 하지만 서영이의 손은 따뜻했고 아늑했다. 기분이 좋아졌다. 흥분되는 것과는 또다른 종류의 느낌이었다. 그냥 기분이 좋아진 것이다. 마치 갓 만들어서 따뜻하고 말랑말랑한 빵을 한입 베어물고 입안에 가득 퍼지는 부드러움을 맛보고 있는 듯한 느낌이었다. 눈을 감았다. .

"아까는 뭐 이런 무지막지한 녀석이 다 있나 했는데 지금 보니 참 조그맣고 귀여운 녀석일세."

서영이는 정말 귀여워 죽겠다는 듯한 어조로 말했다. 큰 것만이 능사가 아니라는 사실을 깨달았다. 서영이가 좋아한다면 나는 매일 이렇게 작은 상태여도 좋다. 아니, 그건 좀 곤란한 일이기는 하다. 계속 이렇게 작은 상태이면 생산적인 일은 어떻게 한단 말인가.

나는 다시 서영이의 이마에 가볍게 입맞춤했다. 서영이가 고개를 들고는 희미하게 미소를 지었다. 갑자기 서영이가 못 견디게 사랑스러워졌다. 서영이의 입술을 찾아 길고 긴 키스를 했다. 서영이의 손이 위로 올라오더니 부드럽게 내 머리칼을 쓸어내리고는 내 뺨을 어루만졌다. 나도 따라서 서영이의 머리칼을 쓰다듬고 뺨을 어루만졌다. 비록 흥분되지는 않았지만 마음이 따뜻해지는 것 같았다.

이윽고 서영이의 손이 천천히 내려오더니 내 어깨에 머물렀다. 내손도 따라 내려가 서영이의 어깨에 머물렀다. 서영이의 어깨선은 매끄러웠다. 가볍고 날렵하게 미끄럼틀을 타듯 내 손은 서영이의 어깨선으로부터 팔꿈치로, 손목으로 내려왔다. 서영이의 손도 따라 내려왔고 어느새 서영이의 손이 내 손 안에 머물렀다. 평상시에 손을 잡을 때와는 느낌이 달랐다. 서영이의 손의 감촉이 이렇게 좋은 줄 처음 알았다.

다시 내 손은 서영이의 가슴으로 향했다. 가슴의 선을 따라 손등으로 가볍게 쓸어내려보았다. 서영이의 손등도 내 가슴 위에 있었다. 내가 서영이의 가슴을 부드럽게 어루만지면 서영이의 손도 내 가슴 위를 쓸어내리고 있었다. 서영이의 손이 내려가면 내 손도 따라 내려갔고 내 손이 올라가면 서영이의 손도 따라 올라왔다. 그렇게 머리카락부터 무릎, 발뒤꿈치까지 우리의 손길들은 더디게 그리고 섬세하게 엇갈리며 스쳐지나갔다. 서영이의 손길이 스쳐지나가는 곳마다 뭉쳐 있던 근육들이 포근하게 풀리는 느낌이었고 세포 하나하나가 살아 숨쉬고 있는 것 같은 기분이 들었다.

서영이의 손이 다시 내 페니스에 이르렀을 때, 나도 모르게 발기되어 있었고 서영이도 아주 따뜻하게 젖어 있었다. 물어보지 않았지만 어쩐지 대답을 들은 것 같았다. 천천히, 아주 천천히 서영이의 몸속으로 들어갔다. 그곳은 이제 어디가 어디인지 도무지 알 수 없는 라비린토스도, 일직선으로 치닫기만 하면 되는 아우토반도 아니었다. 그곳

은 그저 우리가 만나는 아주 작고 아늑한 공간일 뿐이었다. 마치 적당
히 뜨거운 욕조에 몸을 담갔을 때처럼 따뜻했고 부드러운 뻘에 발목
이 잠겨들어갈 때처럼 편안했다. 아까는 서영이가 어땠는지 신경쓸
틈도 없었지만 이번에는 달랐다. 깊고 따뜻한 공간 속에서 서영이가
내게 무어라고 작게 속삭이는 것이 들리는 것 같았다. 서영이의 몸은
내게 아주 작은 목소리로 속삭였지만 충분히 전달되어왔고 내 몸은
그 목소리에 화답했다. 그리하여, 그러고는, 그러고는……

아아, 살아 있다는 것이 이렇게 좋은 것이구나.

어디까지나 근사하게

*

세상이 하얗게 뒤덮였다. 20년 만의 폭설이란다. 그렇다면 내가 태어난 이래 가장 눈이 많이 왔다는 얘기다. 정말 이렇게 눈이 많이 내린 것은 처음 보았다. 온통 새하얀 세상을 보니 어쩐지 올해는 좋은 일만 생길 것 같다. 산뜻한 기분으로 외출 준비를 하고 밖으로 나갔다.

눈으로 뒤덮인 세상은 바라보기에는 좋았지만 막상 발밑은 엉망이었다. 길거리는 녹지 않고 얼어버린 눈 때문에 빙판길이 대부분이었고 눈이 녹은 부분은 진창길이어서 걷기가 매우 불편했다. 몇 걸음 걷다가 그만 미끄러져버렸다. 미끄러진 곳은 빙판길이었지만 엎어진 곳은 진창길이었다. 옷이 축축하게 젖어버렸다. 말 그대로 진창에 빠진 기분이었다. 다시 집에 돌아가서 샤워를 하고 옷을 갈아입어야만 했다. 새해 벽두부터 빙판길에서 넘어져서 진창에 빠지다니, 올해는 도무지 재수가 없을 것 같기도 하다.

20년 만의 것은 폭설뿐이 아니었다. 일기예보에서 20년 만의 추위라고 떠들어댈 만큼 매우 추웠다. 얼마 걷지도 않아 귀가 시리고 발이 시려왔다.

2층에 있는 카페의 창가에 앉아 서영이를 기다리고 있다. 따뜻한 곳에서 유리창 밖을 내다보니 비로소 날씨가 아주 맑다는 것을 알 수 있었다. 날씨가 맑다고는 해도 너무 춥다. 빗살 모양으로 내려꽂히고 있는 반짝이는 햇살이 차갑고 청명한 대기 속에서 그대로 얼어붙어 있는 것 같다. 그래서 누군가 허공에 손을 내밀어 건드리면 쨍, 하는 소리와 함께 깨어져버릴 것만 같다.

마지막으로 남은 한 장의 달력이 넘어갔고 새해가 되었으며 진짜 21세기가 시작되었고 나는 스무 살이 되었다.

새해가 되자 갑자기 담배값이 올랐다. 88라이트가 1,100원이 되어버렸다. 이제는 더이상 간결하고 폼나게 담배 한 갑을 사올 수 없게 된 것이다. 치사한 담배인삼공사 같으니. 88골드와 88멘솔의 가격은 천원 그대로인데 하필이면 88라이트만 1,100원이 되어버렸다. 그나마 위안이 되는 것은 디스는 200원이나 올랐다는 것뿐이다. 그렇다고 해서 담배를 바꿀 생각은 없다. 같은 88시리즈여도 라이트와 골드와 멘솔의 맛은 천양지차이다. 박하담배인 멘솔은 가끔 간식거리로 피우기에는 괜찮지만 주담배로 삼기에는 아무래도 시원치 않다. 88골드 역시 맛이 별로이다. 담배를 바꿀 수도 없는 일이라 앞으로는 동전 한 개를 더 내든지, 잔돈을 거슬러받든지 해야 한다. 도무지 폼이

나지 않는 일이다. 동전을 쩔렁거리기 싫다고 해서 담배를 살 때마다 11,000원을 내며 보루로 사다 피울 수도 없는 노릇이다. 새해 벽두부터 세상은 나에게 불리한 쪽으로 돌아가고 있다.

담배값이 오른 것 말고는 달라진 것이 별로 없다. 스물이 되면 뭔가 거창한 것이 눈앞에 펼쳐질 줄 알았던 것은 아니지만, 그렇다고 열아홉 때하고 똑같으리라고 생각했던 것도 아니었다. 막연하게나마 조금은 더 머리도 굵어지고 조금은 더 스케일도 커지고 조금은 더 생각도 깊어질 것으로 기대했는지도 모른다. 그렇지만 나는 하나도 달라진 것이 없다. 아니다. 달라진 것이 하나 있기는 하다.

나는 대학에 가기로 마음먹었다. 지난 연말에 고독의 시간을 보내면서 뒤늦게 생각해보니 나는 나도 모르는 사이에 내가 하고 싶은 것을 하며 지내고 있음을 깨달았다. 내가 하고 싶은 것이란 아무것도 하지 않는 것이었는데 놀아주는 사람이 없다보니 그렇게 되어버린 것이었다. 아무것도 하지 않는 것이 그렇게 심심한 것인 줄 몰랐다. 다른 건 몰라도 심심한 것만은 견딜 수 없다. 무섭기조차 하다. 옛날에는 마마, 호환이 가장 무시무시한 것이었고 요즘에는 불법비디오가 더 무시무시한 것이라지만 그건 그 사람들이 심심한 게 얼마나 무서운지 모르고 하는 얘기다.

만약 내가 대학도 가지 않고 취직도 하지 않은 채 내가 원하는 대로 아무것도 하지 않고 지낸다면 정말이지 매우 심심하기 그지없는 나날의 연속일 것이다. 심심하게 사느니 연기학원이나 미용학원에라도 다니는 것이 차라리 낫다. 그리고 그것보다는 대학에 가는 것이 낫지 않을까. 갑자기 하고 싶은 것이 생겨버렸다. 나는 대학에 갈 것이다. 명호씨의 말대로 점수에 맞춰서 아무 대학이나 갈 것이다. 일류대? 다 필요없다. 내가 일류로 근사한 사람이 되면 내가 나온 대학은 무조건 일류대가 될 것이다. 왕창 하향 지원을 한다면 내가 갈 대학이 있기는 있을 것이다. 꼭 서울 소재 대학이 아니어도 상관없다. 지방은 지방 나름대로 괜찮을 것이고 명호씨, 숙경씨와 떨어져서 살아보는 것도 나쁘지 않을 것 같기도 하다. 서영이는? 서영이가 좀 걸린다. 그렇다면 아무래도 서울에 있는 대학에 가는 것이 좋을 것 같다. 내가 서울 소재 대학에 가고 싶어하는 것이 서영이 때문이라면 숙경씨가 좀 서운해할지도 모른다. 그러나 나이 스물의 남자는 다 그런 것이다. 숙경씨가 이해해야 한다.

서울에 있는 대학을 가기에는 안정적인 점수는 아니지만 운이 좋다면 한 군데쯤은 추가 합격으로라도 붙을지 모른다. 대학이란 데에 가서 인문학이라는 것을 공부해볼 작정이다. 그래서 나도 인문학적 소양을 왕창 쌓아야겠다. 인문학적 소양이 과연 야설을 소설로 바꾸어줄지 두고 봐야겠다. 설령 한 끗 차이가 사실은 하늘과 땅만큼의 차이여서 죽었다 깨어나도 야설을 소설로 환골탈태시킬 수 없다 하더라도 적어도 유식해지기는 할 것이다. 빨리 유식해져서 명호씨나 서영이에게 그들이 알아들을 수 없을 정도로 어려운 얘기만 골라서 해대야겠다. 나의 해박함과 정연함에 그들이 놀라는 모습이란 상상만 해도 매우 유쾌하다.

이십대에 접어든 만큼 섹스에 관해서도 조금 어른스러워지기로 했다. 더이상 발정난 수캉아지처럼 서영이에게 깽깽거리지 말아야겠다.

나는 이제 철없는 십대가 아니다. 하고 싶다고 해서 다 할 수 없는 것처럼 하기 싫다고 모두 마다할 수는 없다. 스물이 되고 싶지 않다고 해서 스물이 오지 않는 것이 아니듯 언젠가는 서른이 되고 또 금방 마흔이 될 것이다. 그때쯤이면 나는 어디에서 무엇을 하며 살아가고 있을까. 지금이야 그렇게 될 리는 없을 것 같지만 어쩌면 명호씨의 말대로 글을 쓸지도 모르고 어쩌면 숙경씨의 말대로 헤어 디자이너가 되어 있을지도 모른다. 또 어쩌면 아무것도 하지 않고 살아가고 있을지도 모른다. 무엇을 하건 간에 어차피 어른이 되는 것이라면 근사한 어른이 되고 싶다. 아무것도 하지 않더라도 근사하게 아무것도 하지 않는 사람이 되고 싶다. 나는 근사한 사람이 될 것이다. 어디까지나 근사하게 살아갈 것이다.

이런 생각들을 하다보니 나도 모르게 내가 조금은 머리가 굵어지고 철이 난 듯한 느낌에 흐뭇해졌다. 내가 조금만 진지해지면 제법 멋있다고 서영이가 말한 적이 있다. 서영이를 만나면 같이 원서를 내러 돌아다니기 전에 내가 한 생각들을 얘기해줘야겠다. 내가 어떻게 해서 대학에 갈 생각을 하게 되었는지, 대학에 가서 무엇을 할 생각인지, 앞으로 어떤 사람이 되고 싶은지에 대해서 진지하게 얘기하면 서영이는 나를 매우 근사한 놈이라고 생각할 것이다.

"많이 기다렸어?"
고개를 돌려보니 어느 틈에 서영이가 맞은편에 앉아 있다.
"아니, 나도 조금 전에 왔어."

나는 말을 이었다.

"그런데 말이지……"

"응, 뭐?"

나는 천천히 심호흡을 했다. 서영이의 눈을 똑바로 바라보며 목에 힘을 주고 나직하면서도 힘있는, 그윽하면서도 묵직한 목소리로 얘기를 시작했다. 그러나 막상 내 입에서 튀어나온 것은 전혀 다른 얘기였다. 어, 이게 아닌데.

"한번 하자."

"싫어, 인마. 제발 정신 좀 차려라. 얼른 일어나기나 해. 늦기 전에 원서 내러 가자. 여러 군데 돌아다니려면 서둘러야 돼."

박완서(소설가)

『동정 없는 세상』은 청소년의 성(性)을 정면으로 다뤘는데도 조금도 외설스럽지 않고 밝고 가볍고 건강하다. 공부는 죽어도 하기 싫고 어떡하면 여자하고 한번 자보나, 오로지 동정(童貞) 딱지 떼는 일에만 앉으나 서나 자나 깨나 골몰하는 고3짜리. 게다가 엄마가 벌어서 사는 결손가정, 아빠에 대한 기억은 전혀 없고, 엄마도 아들에게 자기가 처녀로 잉태한 게 아니라는 것밖에는 아빠에 대한 어떤 사실도 환상도 심어주지 않는다. 동거하는 외삼촌은 좋은 대학 나오고도 일정한 직업 없이 빈둥거리는 노총각이다. 이런 가족구성이면 그 고3짜리는 으레 빗나갈 수밖에 없다는 게 우리의 통념이다. 그런 녀석을 주인공으로 소설을 써봤댔자 어느 만큼 엄살을 부리며 어떻게 파란만장하게 빗나가냐가 문제지 어차피 빗나갈 수밖에 없다. 이 소설의 미덕은 어차피 빗나가게 돼 있다는 진부한 통념을 산뜻하게 배반한 데 있지 않을까. 기성세대의 눈에 자칫하면 이해 불가능한 괴물처럼 보일 수도 있는, 성적 자극에 대책 없이 노출된 청소년기 자녀와 부모가 함께 읽었으면 싶게 교육적이면서도, 되잖게 누굴 계몽하려 들지 않는 것도 이 소설이 상쾌하게 읽히는 까닭이다. 야하면서도 건전하고 불순하면서도 순수한 젊은 호흡이 느껴지는 건 좋은데 지나치게 가볍다는 건 이 작가가 버릇 들이면 안 될 점이라고 생각한다.

도정일(문학평론가 · 경희대 영문과 교수)

'대학 진학'과 '섹스' 외에는 아이가 어른 되는 어떤 의미 있는 문화적 통과의례도, 의미의 상징적 경험 양식도 존재하지 않는 깡마른 시대의 포르노 사회에서 십대는 어떻게 방황하고 어떻게 어른이 되는가? 박현욱씨의 『동정 없는 세상』이 들려주는 것은 그런 이야기다. 성장의 이야기는 언제나 독자를 가슴 설레게 한다. 나이 든 독자, 시간의 포로가 되어 어른으로 늙어버린 모든 사람들에게 십대는 유소년기와 마찬가지로 '우리가 두고 온 나라'이다. 그것은 다시 되돌아갈 수 없고 회복할 수 없는 나라라는 이유만으로도 죽는 날까지 우리에게 그리움으로 남는 추억의 나라이다. 그러나 『동정 없는 세상』에 그려지는 십대의 세계는 되돌아가고 싶지 않은 나라, 회복하고 싶지 않은 난폭한 언어, 기억하고 싶지 않은 황폐한 시간대이다. 주인물 소년은 그 삭막한 나라에 대한 미련과 그로부터 탈출하고 싶은 욕망 사이에서 부대낀다. 그에게 어른되기의 주요 의미는 그게 '탈출구'이고 '해방'이라는 것이다. 그러나 주인공은 '섹스' 말고는 어른이 되는 다른 방법을 알지 못한다. 여자친구에게 성인(成人)처럼 "한번 하자"고 말하는 것이 그의 십대 언어이다. 이 언어는 어른세계의 언어와 쌍둥이로 닮아 있다. 두 세계의 언어 사이에는 차이가 없다. 그렇다면 무엇이 탈출이고 해방이며 한 세계에서 다른 세계로의 이행인가? 이것이 이 소설의 흥미로운 부분이다. 이 소설은 "한번 하자"로 시작해서 "한번 하자"로 끝난다. 그런데 외관상 동일한 그 시작과 끝의 언어 사이에는 중요하게도 악센트의 차이가 있다. 시작과 종결의 두 지점 사이에는 소년의 '변화'가 발생해 있고 새로운 언어를 배우려는 소년의 '전환'이 개입해 있기 때문이다. 이 작품은 성장한다는 것이 오히려 성인의 세계를 떠나는 일이라는 독특한 메시지를 담은 독특한 성장소설이다. 이 만화방창한 계절에 내가 기원할 것은 이 신진 작가가 지닌 모든 작가적 능력의 아낌없는 만화방창이다.

황종연(문학평론가 · 동국대 국문과 교수)

『동정 없는 세상』은 "한번 하자./싫어"로 시작되는 깜찍한 도입부 설정에서부터 명랑한 재치를 느끼게 한다. 주인공 준호의 이야기는 크게 보면 입사식(入社式, initiation) 구조의 성장소설 유형에 속하지만 인간 성장에 관한 엄숙한 상상의 관습으로부터 날렵하게 달아난다. 성인됨의 증거는 섹스 체험으로, 성숙을 위한 시련의 제의는 포르노의 세계에서 실제의 섹스로 나아가는 과정으로 대체되었다. 성장소설에서 전통적으로 부르주아적 개인주의가 차지하는 자리를 '동정 떼기'에 대한 십대-대중의 담론이 점유하고 있는 셈이다. 그러나 이러한 성장소설 담론의 경박한 대체는 어디까지나 진지하게 계산된 장난이다. 동정을 떼려고 안달하는 준호의 순진한 행동은 명호씨라는 성장소설 특유의 '인도자'형 인물의 매개를 통해 어른들의 세계를 이해하고 그 세계에 대하여 자신을 세우는 개인 성장의 플롯을 전개시킨다. 준호는 동정을 버림과 동시에 자아에 대한 책임을 지기 시작한다. '동정(童貞)' 없는 세상은 '동정(同情)' 없는 세상이기도 한 것이다. 이렇게 성장소설의 견지에서 읽다보면 불만스러운 구석도 보인다. 준호의 집이 동정 없는 세상의 한 상처(재가를 포기한 어머니, 출세를 단념한 삼촌)임에도 인정의 낙원처럼 처리되어 있다는 점, 그래서 인문학 선택으로 나타나는 자아 발전에 대한 준호의 욕망 또한 절실하게 다가오지 않는다는 점이 특히 마음에 걸린다. 그러나 『동정 없는 세상』이 풍부한 잠재력을 지닌 한 문학적 재능의 산물임은 의심할 여지가 없다. 박현욱씨는 섹스에 대한 욕망과 환상에 빠져 있는 십대 소년의 이야기를 적절한 디테일을 갖추면서도 쾌활한 템포로 풀어가며, 어쩌면 싱거웠을지도 모를 그 이야기를 인간 성장의 보다 넓은 맥락에서 다양하게 읽히게 만든다. 문학동네작가상의 영예에 조금도 모자람이 없는 상큼한 재능이다. 당선을 축하하며 정진을 바란다.

동정(童貞) 없는, 혹은 동정(同情) 없는 세상

김형중(문학평론가)

박현욱씨의 소설 『동정 없는 세상』은 일단 경쾌하고 재미있다. 대강 헤아려도 소설을 읽는 중에 대여섯 번쯤은 소리내 웃지 않을 수 없는데, 그 웃음은 우선 소설이 택한 시점에서 비롯된다. 이제 갓 수능을 치르고 난 '경박한' 십대 준호를 화자로 설정한 다음, 오로지 그의 관점에서 성인들 세계를 요모조모 살피게 하고, 요리조리 재고 자르는데, 너무 뻔해서 속이 훤히 들여다보이는 그의 그 '참을 수 없는 가벼움'에 독자들은 이내 큭큭거리지 않을 수 없게 되고 만다. 채만식의 「치숙」에서 익히 보았던 '아이러니'이다. 게다가 소설의 처음부터 끝까지 '준호'라는 십대 화자가 세계를 재고 자르는 기준이 일관되게도 여자친구 서영과 '한번 하기'에 도움이 되는가 그렇지 않은가에만 있으니, 명호(삼촌)와 같은 어른들의 훈화가 '한번 하는 데'나 참조할 만한 수준의 '좋은 말씀' 혹은 실패한 개그가 되고, '지난 몇 년간의 내 개인사'는 '섹스를 하고 싶다는 욕망과의 투쟁으로 점철'된 것에 불과해지는 것은 당연하다. 모든 사건과 언어들이 그 '한번'을 중심으로 걸러지고 재구성된다. 소설의 구성에서도 사정은 마찬가지인데, 마치 영화의 시퀀스들이 조합되듯이 장면 전환이 빠르고 쉽다. 화자에게 부여된 경박하고도 단선적인 캐릭터와 잘 어울리는 구성이다. 이런 사실들은 작가가 십대 특유의 표피적인 사유 체계를 주인공인 준호와 그의 친구들에게 적절하게 부여하는 데 성공했다는 증거라고 하겠다. 작가 자신과 이 세대들과의 적지 않은 연령차를 극복하지 않고서는, 말하자면 작가가 십대들의 사유 방식에 익숙하게 동화되지 않고서는 힘든 일이었겠다. 삶터가 십대들과 소통이 빈번한 경우에 속하는지도 궁금해지지 않을 수 없는 대목이다.

"스스로 십대들의 사고방식을 잘 이해하고 있다고 생각지는 않는다. 십대들과 소통이 빈번한 직업을 가지고 있는 것도 아니다. 전업 백수다. 다만 이 소설을 쓰면서 내 십대 시절을 자주 떠올렸다. 물론 이즈음의 십대와 내가 속한 세대의 십대 간의 사유 방식이나 생활 양식의 차이는 엄청나다. 그럼에도 이 소설에서 다루고자 했던 성적 호기심에 관한 한 별반 달라진 바 없을 줄 믿는다. 다만 이즈음의 십대들에게는 안방에서 포르노를 볼 수 있을 정도로 매체들의 유통 경로가 다양해졌음을 상기할 필요는 있겠다. 소설 구성 단계에서부터 요즘 십대들이 어떻게 생각하는지, 어떻게 말하는지, 어떻게 생활하는지에 대해 많이 고민했다. 특히 몇몇 잡지나 인터넷, 통신 등에서 본 십대들 간의 방담이 많은 도움이 되었다."

구성과 시점의 의도된 경박함에도 불구하고, 아니 되레 바로 그 이유 때문에 『동정 없는 세상』이란 소설 자체는 결코 경박하지 않은 소설이 된다. 이르게는 준호와 서영이 영화 〈마님 사정 볼 것 없다〉나 〈비 오는 날의 도색화〉가 아니라 〈동정 없는 세상〉이란 영화를 보는 장면에서부터 童貞은 다시 同情일 수도 있다는 독법이 필요해진다. 최종적으로는 정작 서영과 '한번 하게' 된 상황, 즉 童貞 없는 세상으로의 진입의 순간에 "몇십 센티만 더 들어가면 젖과 꿀이 흐르는, 기쁨으로 가득한 새로운 세상이 나타날 것이다. 그러나 막상 입구를 찾게 되자 내가 먼저 걱정이 되었다. 정말 들어가도 되는가. 그리고 이 문을 넘어서면 과연 낙원이 있을까"라고 독백하는 장면에 이르면, 어쩌면 준호가 들어가기를 망설이고 있는 그 세계가 엄마 숙경씨의 내색하지 않는 외로움이나 삼촌 명호씨의 부적응 뒤편에 드러나지 않은 채 도사리고 있는, 거대한 고통과 맞닿아 있는 '同情' 없는 세상일지도 모른다는 생각을 지울 수 없게 된다. '童貞 없는 세상'은 또한 '同情 없는 세상'이기도 했던 것이다. 결국 에릭 로샹의 영화 〈동정 없는 세상〉의 주제가 반복되고 있다는 느낌이 들면서 이 소설은 그 도입부의 가벼움을 완전히 벗어던진다.

"'동정 없는 세상'이란 제복은 일단, 동음이의어의 효과를 노린 일종의 말장난이다. 이 소설을 주로 읽게 될 연령층이 이런 식의 말장난에 친숙하리라는 생각으로 '동정이 그 동정이 아니었다는 말이지' 하는 반응을 우선 기대한 것이다. 그리고 주제와 관련해서는, 십대 중후반 즈음부터 사내아이들은 대개 누구나 '童貞 없는 세상'을 열망하는

데 그렇다면 과연 그런 세상의 의미가 무엇인지 생각해보자, 처음엔 뭐 그런 정도였다. 우리의 성담론이랄까 섹스문화랄까 하는 것에 대해 써봐야겠다는 생각을 했었다. 섹스에 대해서 여기저기서 보고 듣고 읽고 해서 아는 것이 매우 많은 줄 알았는데 막상 쓰려고 보니 의외로 정리되어 있는 것들이 별로 없음을 깨닫게 되었다. 확실한 관점이 없다보니 쓸거리는 많아도 그것들이 따로따로 제멋대로 돌아다니고 하나로 엮이지 않았다. 그래서 일단은 내 생각을 정리해보기로 했는데, 결국 그 정리의 결과가 십대 시기의 성담론에 대한 생각에까지 거슬러올라가고 말았다. 우리나라 사람들의 성의식은 많이 왜곡되어 있다고 생각한다. 처음 성을 접하던 시기의 환경 문제가 가장 결정적인 이유가 아닐까. 터부시하고 감추고 하는 데에서 형성되는 성의식이 건강할 수 없는 것은 당연한 이치다. 결국 성을 처음 접하게 되는 십대 후반의 시기를 중심으로 이야기를 풀어나가는 것이 좋을 것 같았다. 그렇게 써가는 과정에서 동정의 또다른 의미, 즉 同情이 하나의 주제로까지, 거의 무의식적으로 부상했다. 맞을 것이다. 동정을 떼는 것은 십대들에겐 어른들의 세계로 진입한다는 의미를 갖는 것일 텐데, 그 입사식 너머에 있는 세상은 어쩌면 동명의 영화에서처럼 '同情 없는 세상'일지도 모를 일이다."

그렇게 본다면, 분명 소설 『동정 없는 세상』은 성장소설에 속한다. 그러나 아주 독특한 성장소설인데, 이유인즉 성장소설 특유의 입사식이 없거나, 있다 하더라도 통과의례로서의 결정적인 역할을 해내지 못하는 그런 소설이기 때문이다. 그리하여 입사식 이후에도 주인

174

공의 의식에 어떤 비약(어른들 세계로의 동화, 자기 정체성의 확립과 같은)이 일어나지 않는다. 예를 들어 이미 거론한 장면, 즉 '동정 없는 세상'으로 난 통로 앞에서 그 세상의 낙원됨을 의심하는 준호의 머뭇거림이 그렇고, 소설의 시작과 마찬가지로 소설의 끝에 가서도(이때 이미 준호는 서영과 '한번 함으로써' 입사식을 치른 뒤인데) 준호는 여전히 서영에게 일관되게 '한번 하자'란 말을 되풀이한다. 사실상 이 소설의 빛나는 부분은 작가가 의도했건 의도하지 않았건 바로 이와 같이 성장소설의 관습이 패러디되는 장면들에 있다. 성장소설이란 아무리 아름답다(성장소설들은 소설들 중에서도 가장 아름다운 소설들이다) 하더라도 자칫 순응적인 주체의 탄생 과정에 대한 보고담에 그치기 쉬운 데가 있다. 대부분의 성장소설이란 필연적으로 회고체일 수밖에 없고, 과거의 미화나 그다지 아름답지 않은 어른세계로의 동화에 대한 소설들일 수밖에 없기 때문이다. 그러나 『동정 없는 세상』은 화자로 하여금 그 세계로의 입사식 앞에서 머뭇거리게 하고, 입사식 이후에도 여전히 입사식 이전의 사유 방식에 머물러 있게 함으로써, 同情 없는 어른들의 세계에 쉽사리 화자를 동화시키지 않는다. 말하자면 소설 『동정 없는 세상』은 탈근대적 성장소설이라 할 만한데, 준호가 들어서기를 거부한 그 세계란 바로 근대적 가치체계들이 지배하는 그런 세계에 다름아니기 때문이다. 입사식 너머의 그 세계를 라캉은 '상징계'라 불렀고, 알튀세르는 '이데올로기적 국가 기구들'이 끊임없이 주체를 호출해대는 세계라 불렀으며, 푸코는 '판옵티콘'적으로 일망 감시되는 세계라 불렀다. 그런 이유로 이 소설 『동정 없는 세상』은 어떤 아쉬움을 남기기도 하는데 아쉬움이란 차라리 끝까지 준호가 입사식을 치르지 못하고, 그래서 대학을 가겠다거나, 어른스러워지겠다거나, 백 원이 오른 88라이트 값에 과도한 의미를 부여하거나 하지 못하게 하는 편이 더 나았을 수도 있었으리란 점이다. 다행히도 소설 말미에 그 모든 결심들은 서영에게 '한번 하자'고 그야말로 경박하게 다시 되풀이함으로써 쉽게 부서지긴 하지만 말이다.

"서영과의 첫경험에 나름대로의 의미를 부여하고 싶었다. 말하자면 주인공의 의식에 비약을 가져오는 통과의례로 만들고 싶었다. 이 소설의 표면적인 주제의식이 바로 그것이었기 때문이다. 준호와 서영이가 결합하(려)는 장면은 소설 속에 모두 세 번에 걸쳐 등장한다. 나는 첫번째 시도를 통해(결국 이 시도는 실패로 끝나는데) 한쪽이 준비가 안 된 상황에서의 결합이란 그저 라비린토스를 헤매다 마는 것과 다름없다는 얘기를 하고 싶었다. 두번째 시도의 경우, 비록 마음의 준비는 되었다 하더라도 섹스의 과정이 마치 혼자 아우토반을 달리듯 일방적일 경우 역시 둘 다 만족할 수 없다는 의미를 부여하고 싶었다. 그리고 세번째에 이르러서야 준호는 서로에 대한 배려가 있는 섹스를 통해 어른이 되는 기쁨을 맛보게 된다. 이렇게 세 차례에 걸친 시도를 소설 속에 배치한 것은, '어른이 된다'는 것의 의미가 그저 라비린토스를 헤매는 것도 아니고 아우토반을 질주하듯 제 원하는 바만을 채우는 것도 아니며 자기 외의 다른 사람들을 애정을 가지고 이해하려 할 때에야 온전히 이루어지는 것임을 말하고 싶었기 때문이다. 이런 점에서 준호의 경험은 의식에 비약을 가져오는 입사식일 수 있다. 서영과의 섹스 이후에야 준호가 대학에 가겠다고 결심하는 근본적인 이

유도 여기에 있다. 그러나 현실이란 개인의 입사식으로 간단하게 뛰어넘을 수 없는 것이기도 하다. 童貞 없는 세상을 경험함으로써 의식의 변화를 가져왔다 하더라도 현실은 여전히 同情 없는 세상인 것이다. 그런 이유로 소설 말미에 준호의 의식상의 비약에 일종의 제약을 가했던 것인데, 이 말미에 초점을 두고 읽을 경우 입사식 없는 성장소설이라는 독법이 가능해진다. 어떤 식으로 독해하는 것도 무방할 것 같은 여지를 둠으로써 소설의 단선적인 독해를 피하고 싶었다."

준호가 입사식을 통해 어른들의 세계에 진입하는 데 실패했건 성공했건, 이즈음의 십대들과 비교해볼 때, 준호는 여전히 아주 행복한 편에 속한다. 아버지가 없는 대신, 그는 어머니를 '숙경씨'라 부르고 삼촌을 '명호씨'라 부를 만큼 자유분방한 가족관계를 영위하고 있다. 게다가 그들과 맞담배를 피우기도 하고, 성 상담을 하기도 하며, 그들로부터 대학이나 진로에 관한 어떤 억압적인 요구도 받지 않는다. 말하자면 이 소설 속에는 어떤 이상적인 가족관계의 모형이 제시되어 있는데, 조력자로서의 삼촌만이 있을 뿐, 억압과 권위의 상징으로서의 부성은 존재하지 않는, 그리고 자신과 삼촌의 부양자로서의 모성만이 존재하는 그런 가족관계가 바로 그것이다. 그러나 이 가족관계는 그 단위를 넓히는 순간 하나의 이상적 세계에 대한 모델이 되기도 하는데, 그들이 담배를 서로 공유하듯이 사유재산을 공유하는 사회, 숙경씨가 명호와 준호를 부양하듯이 부성보다는 모성이 통치 원리가 되는 사회, 명호와 숙경이 준호에게 그렇듯이 억압이나 규율보다는 감화와 조언이 주체를 변화시키는 데 소용되는 유일한 수단인 사회가 아마 그런 사회일지도 모르겠다. 준호는 너그러운 가족들과 살고 있다는 행운 정도가 아니라 이미 실현된 유토피아를 소설 속에서 먼저 사는 거대한 행복을 누리고 있는 셈이다. 고작 등장인물 여섯에 한 얼뜨기 십대의 총각 떼기 작전을 소재로 한 소설로부터 얻어낼 수 있는 주제의 규모가 이 정도라면 박현욱씨는 분명 신인답지 않은 작가임에 틀림없다.

인터뷰 내내 박현욱씨는 조용하고 차분했으며, 무엇보다도 (지나칠 정도로) 겸손했다. 어쩌면 그것이 이르지 않은 나이에 소설에 입문한(본인은 문학적 이력에 비하자면 매우 빠른 입문이라고 말했지만) 그만의 장점이자 무기일지도 모르겠다는 생각을 했다. 그는 소설을 재미있고 가볍게 쓰되 그 안에 진지함과 무거움을 담을 줄 안다. 그에게서는 조카에게 맞담배를 권하며 올바른 성에 대해 전혀 위압적이지 않은 목소리로 조언할 줄 아는 명호의 이미지와, 삼촌과 건성으로 맞담배질을 하며 삼촌의 훈화에는 아랑곳없이 고쳐야 할 자신의 성애담 소설의 어느 부분을 떠올리면서 안절부절못하는 악동 준호의 이미지가 다같이 풍겨나왔다. 문제는 그 둘이 어떻게 계속 한몸 속에, 가족처럼 사이좋게 같이 들어 있을 수 있는가 하는 점이겠다.

소설을 쓰겠다고 마음먹은 후에 부채의식이 하나 생겼다. 처음 한 글을 익힌 이후 적어도 스물에 이를 때까지는 재미있는 책 한 권을 읽는 것은 다른 어떤 것들보다도 즐거운 일이었다. 그렇다면, 내가 소설을 쓴다면 나도 남들에게 그런 즐거움을 조금이나마 주어야 하지 않을까. 내 소설쓰기는 어린 시절부터의 책읽기와 결코 무관할 수 없을 테니 내가 책읽기를 통해 받았던 것들을 일부나마 또다른 어떤 이들에게 돌려주어야 하는 것이 내 의무가 아닐까 하는 생각이었다.

그런데 어디 소설쓰기가, 그것도 재미있는 소설을 쓰는 일이 마음대로 쉽게 되는 일이던가. 기성작가들에게도 쉽지 않은 일일 텐데 나는 그저 습작중인 지망생에 불과할 따름이었으니 재미있는 소설이 국수기계가 가락국수 뽑아내듯 술술 나오기를 바란다는 것 자체가 무리라면 무리였을 것이다.

몇 달 전에 꿈을 꾼 적이 있었다. 소설의 세계 속에는 악마가 살고 있다. 그런데 이 악마가 갑자기 내 앞에 나타난 것이다. 가까이서 본 악마의 모습은 악마라는 호칭이 무색할 정도로, 혹은 너무도 잘 어울릴 정도로 매력적이었다. 악마는 싱긋 웃으며 내게 속삭였다.

"자네의 세 가지 소원을 들어주겠네."

"세 가지 소원?"

"그렇지. 세 가지야. 그런데 자네도 알고 있다시피 내가 들어줄 수 있는 소원이란 소설에 관련된 것들뿐이야. 그 외의 부분들은 다른쪽 악마들 담당이라 내가 어찌할 수 없다네. 그러니 소설에 관련된 소원만 빌어야 해."

평소 어떤 종류의 악마도 좋아하지 않던 나는 갑자기 그에게 호감이 생겼다. 그나저나 세 가지 소원이라. 무얼 빌어야 할까.

"지금 떠오르는 게 없으면 나중에 말해도 돼. 나는 바빠서 또 다른 데에 가봐야 하거든."

"아냐, 지금 하나 말할게. 우선 재미있는 소설을 하나 쓰게 해줘."

"그래? 알았어. 그렇다면 이제 두 가지 소원만 남았다는 것을 기억해둬."

악마는 악마답게 내 앞에서 홀연히 사라졌다. 나는 뭐, 이런 이상한 일이 다 있다는 말인가 하면서도 내 소원이 무려 세 가지나 이루어지게 되는 것이 나로서도 결코 손해가 아니라는 생각을 하다가 잠이 깨버렸다.

나는 쓴웃음을 지었다. 아무래도 내가 쓰려고 하는 소설이 제대로 써지지 않았던 것이 제법 스트레스가 되었던 것 같았다. 그래도 그렇지, 그게 꿈으로까지 나타나다니 어지간히 갑갑했었나보다.

그런데 어찌된 일인지 꿈을 꾸었던 날 이후부터 소설이 제법 써지기 시작했다. 물론 하루이틀 사이에 일필휘지로 다 써버린 것은 아니었지만 조금씩이라도 꼬박꼬박 진도가 나갔다. 그러다보니 어느 날엔가 더 이상 쓸 것이 없게 되었다. 나도 모르게 소설이 끝나버린 것이었다.

다 씌어진 소설을 프린터로 출력해서 읽어보았다. 읽으면서 스스로 놀랐다. 제일 처음 소설을 구상했을 때 생각했던 것보다 재미있는 소설이 나왔던 것이다. 만일 내가 썼다는 사실을 몰랐다면 아마도 '독자로서의 내 취향에 딱 들어맞는 소설이구나. 아깝다. 이런 거라면 내가 먼저 써버릴 수도 있었을 텐데……' 하면서 아쉬워했을지도 모른다.

문득 나는 몇 달 전의 꿈을 떠올렸다. 어쩌면 악마가 내게 세 가지 소원을 들어주겠다고 한 것이 꿈속의 일이 아니라 실제로 있었던 것은 아니었을까. 나는 꿈속의 일이 과연 사실인지 테스트해보기로 했다. 두번째 소원을 빌어보면 알 수 있는 일 아니겠는가.

"어이, 소원을 들어주어서 고마우이. 이제 두번째 소원을 말하겠네. 이 소설을 응모할 생각이라네. 당선되게 해다오. 이제 남은 것은 하나밖에 없다는 것을 기억해두겠네."

그러고 나서 곧바로 원고를 묶어 출판사로 보낸 것이 두 달 전의 일이었다. 두 달 동안 나는 꿈속에 나왔던 악마에 대해서 까맣게 잊어버리고 있었다.

며칠 전에 나는, 비록 기다리고는 있었으나, 뜻밖의 전화를 받았다. 내가 쓴 소설이 당선되었다는 것이다. 예전의 꿈이 떠올랐다. 꿈속에서 보았던 매력적인 악마가 눈앞에 어른거렸다. 나는 묘한 느낌에 사로잡혔다. 통화가 끝난 후 곰곰 생각해보았다.

'이게 도대체 어떻게 된 일이란 말인가. 그 꿈이 정말 사실이었단 말인가.'

'에이, 어떻게 사실일 수가 있겠어.'

'아니야, 어쩌면 사실일지도 몰라. 내가 그 소설을 썼다는 것 자체가 신기하잖아. 물론 그 소설이 아주 탁월한 소설은 아니지만 내 필력을 생각해보면 능력 이상의 소설이 나온 것은 틀림없잖아. 그리고 그것보다 문학적으로 뛰어난 다른 소설들도 얼마든지 있을 텐데 당선까지 되었잖아. 무엇보다도 나는 그렇게 운이 좋은 사람이 아니란 말이지. 연이어 바라는 대로 이루어지는 것이 어디 흔한 일이겠어.'

나는 혼란에 빠졌으나 오래지 않아 생각을 정리할 수 있었다. 내 앞에 악마가 나타났던 것이 꿈이 아니라 사실이라면 아직 소설에 관해서 한 가지의 소원을 더 빌 수 있으며 그 소원도 이루어질 테니 잘된 일이다. 그리고 그 꿈이 단지 꿈일 뿐이라면 나는 그저 주어진 행운에 고마워하면 되는 일이다. 결국 그 꿈이 사실이든 아니든 상관없는 일인 것이다.

그러나 사람 욕심이란 끝이 없으며 나는 끝이 없는 욕심을 지닌 평범한 사람이다. 그리하여 나는 기왕이면 그 꿈이 사실이기를 바라게 되었다. 아직 한 가지의 소원을 더 빌 수 있으니 말이다. 지난 며칠 동안 무슨 소원을 비는 것으로 마지막 남은 행운을 써버릴까 하는 생각에만 골몰했다. 하나만 남았으니 가장 커다란 소원을 빌어야 한다. 그렇다면 소설에 관한 내 가장 커다란 소원은 무엇일까.

이 소설이 한 천만 부쯤 팔리게 해달라고 할까. 아니면 이 소설로 노벨문학상이나 받게 해달라고 할까. 별의별 생각들이 다 떠올랐지만 어느 것이 가장 큰 소원인지 알 수 없었다. 모든 바람들이 되기만 하면 다 좋은 것들인데 빌어야 하는 것은 하나뿐이었다. 나는 생각에 생각을 거듭했다. 그리하여 결국 소설에 관한 나의 세번째 소원을 찾아내고야 말았다.

그래서 악마에게 세번째 소원을 빌었느냐고? 아직 빌지 않았다. 앞으로도 써먹지 않을 작정이다. 혹시 나중에 더 큰 소원이 생길지 모르므로 하나는 남겨두어야 하기 때문은 아니다. 세번째 소원을 떠올린 후 생각해보니 그것은 악마에게 빌 필요가 없는 것이었다.

내 능력이 아니라 글 속의 어떤 요소 덕분에 능력 이상의 글을 쓸 수 있었고, 또 매우 운이 좋아서 당선까지 되었다. 이제 내가 바라는 것은 앞으로는 스스로 통제할 수 있는 힘으로 좋은 소설을 쓰는 것이다. 만일 내가 세번째 소원을 빌고 악마가 내 소원을 들어준답시고 내게 좋은 소설을 쓸 수 있는 능력을 주었다고 하자. 그 능력으로 소설을 쓴다고 해도 그것은 이미 악마의 도움을 받은 것이므로 내 힘만으로 했다고 할 수 없는 것이 되어버린다. 악마의 도움을 받는다는 것 자체가 내 소원과 어긋난다. 그렇다면 악마는 들어주고 싶어도 들어줄 수 없는 셈이니 굳이 소원을 빌 필요도 없어져버리는 것이다. 오로지 스스로 정진하는 수밖에 없다.

미흡한 작품을 감싸안아주신 박완서, 도정일, 황종연 세 분 선생님께 진심으로 감사드린다.

　이 소설을 쓰는 데에 그리 오랜 시간이 걸렸던 것은 아니었다. 그러나 내가 이 소설을 쓰는 데는 소설에 매달렸던 기간 외에도 30여 년의 세월이 더 필요했다. 그 오랜 시간 동안 애정과 걱정으로 지켜봐주신 가족들이 잠시나마 한시름 돌렸으리라는 것이 무엇보다도 기꺼운 일이다.

2001년 6월
박현욱

인생은 아이러니하고 나는 행운아다.

내가 못 할 거라고 생각하지 않았던 많은 것들이 결과적으로 실패로 돌아갔다. 가령 하다 만 공부라거나 짧았던 직장 생활이 그러하고 또한 인간관계들, 그러니까 사람을 소망하고 단념하는 나의 방식들이 그러했다.

반면에 정작 잘할 거라고는 생각하지도 못했던 글 쪽에서는 자알 한다며 소설가 타이틀을 달아주고, 상도 주고, 돈도 주는 것이 아닌가. 도대체 이 무슨? 그나저나 글이 밥이 되다니!

이 소설은 그 첫번째 결과물이다. 이렇게 10년이 지나도록 사라지지 않고 있다가 이제 개정판까지 내게 되었다. 이제는 찾아보기 어려운 소설들이 많이 있고, 그중에 훌륭한 소설들이 직지 않다는 걸 생각해보면 이건 정말이지 고마운 일이다. 전적으로 당신 덕분이다. 고마워요.

2013년 1월

박현욱

문학동네 장편소설
동정 없는 세상
ⓒ 박현욱 2013

1판 1쇄 2001년 6월 18일
1판 21쇄 2011년 6월 22일
2판 1쇄 2013년 1월 14일
2판 7쇄 2018년 4월 25일

지은이 박현욱
펴낸이 염현숙
책임편집 김필균 | 편집 김민정 강윤정 김형균 | 디자인 김현우 유현아
마케팅 정민호 박보람 나해진 우상욱 | 홍보 김희숙 김상만 이천희
제작 강신은 김동욱 임현식 | 제작처 영신사

펴낸곳 (주)문학동네
출판등록 1993년 10월 22일 제406-2003-000045호
주소 10881 경기도 파주시 회동길 210
전자우편 editor@munhak.com | 대표전화 031) 955-8888 | 팩스 031) 955-8855
문의전화 031) 955-8890(마케팅) 031) 955-2678(편집)
문학동네카페 http://cafe.naver.com/mhdn

ISBN 978-89-546-2021-5 03810
* 이 책의 판권은 지은이와 문학동네에 있습니다.
  이 책 내용의 전부 또는 일부를 재사용하려면 반드시 양측의 서면 동의를 받아야 합니다.
* 이 도서의 국립중앙도서관 출판예정도서목록(CIP)은 서지정보유통지원시스템 홈페이지
  (http://seoji.nl.go.kr)와 국가자료공동목록시스템(http://www.nl.go.kr/kolisnet)에서
  이용하실 수 있습니다.(CIP 제어번호 : CIP2012006170)

www.munhak.com